FLORES PARA UNA NIÑA MUERTA

玛尔·戈伊苏埃塔 幻想三部曲

献给逝去少女的鲜花

[西] 玛尔·戈伊苏埃塔（Mar Goizueta）——著

李季原——译

新世界出版社
NEW WORLD PRESS

图书在版编目（CIP）数据

献给逝去少女的鲜花 / (西) 玛尔 · 戈伊苏埃塔著 ; 李季原译 . -- 北京 : 新世界出版社 , 2025. 1. -- ISBN 978-7-5104-7981-6

Ⅰ. I551.45

中国国家版本馆 CIP 数据核字第 2024TU1835 号

北京版权保护中心引进书版权合同登记号：图字 01-2024-4850

献给逝去少女的鲜花

作　　者：[西] 玛尔 · 戈伊苏埃塔
译　　者：李季原
责任编辑：楼淑敏
封面设计：贺玉婷
责任校对：宣　慧　张杰楠
责任印制：王宝根
出版发行：新世界出版社
网　　址：http://www.nwp.com.cn
社　　址：北京西城区百万庄大街 24 号（100037）
发 行 部：（010）6899 5968（电话）（010）6899 0635（电话）
总 编 室：（010）6899 5424（电话）（010）6832 6679（传真）
版 权 部：+8610 6899 6306（电话）　nwpcd@sina.com（电邮）
印　　刷：天津中印联印务有限公司
经　　销：新华书店
开　　本：710mm × 1000mm 1/32　尺寸：145mm × 210mm
字　　数：150 千字　印张：9
版　　次：2025 年 1 月第 1 版　2025 年 1 月第 1 次印刷
书　　号：ISBN 978-7-5104-7981-6
定　　价：48.00 元

致埃罗尔，我亲爱的土拨鼠，是它陪伴着我写下这个故事的每一个字。我至今仍能感受到它在我胸口的重量，感受到它留在我心里的温暖，我的心跳总是与它如此接近。我将这部小说献给它，也献给所有理解动物的灵魂，珍惜它们的可贵之处，相信它们会在另一个世界永存的人们。因为我们与动物是平等的，有时甚至是一个整体。

谨以此祭奠我仍深爱着的林木。

致我永远的根须。

我无疑是一座森林，一片幽暗树木之黑夜：可是谁不怕我的黑暗，谁就会在我的柏树下找到开满玫瑰的斜坡。

——《查拉图斯特拉如是说》，[德] 弗里德里希·尼采

译序

本书同玛尔·戈伊苏埃塔的前作《梦魇世界之王》一样，通过诡叙、模糊叙事、误导、刻意打断叙事节奏的插叙等手段，将两桩疑案、主要的三起血腥事件与数段或邪恶或正义的暴力行径串联在了一起，用手电筒的光亮于黑暗里跳跃式地照亮故事的各个局部，最终通过这种“拼图式”叙事方式将被害者的尸块与骨片、鸟人的羽片与鹿女的犄角、埋骨之地的往事与繁花拼凑成了一幅完整的图画，组合出了事件的结局，补全了潟湖镇的纪传体通史，也修复了众神治下的这个小宇宙运行的轨道。值得一提的是，作者似乎已经产生了一种叙事技巧上的自觉，在两部中篇小说里都使用了和小说主题相呼应的叙事结构：在梦境“穿梭”者与命运“编织”者的故事中使用了“绕丝”与

“捆线”式的故事结构；在表层为刑侦故事（中层为爱情故事、底层为神话寓言）的《献给逝去少女的鲜花》中，故事的叙事结构也在模仿查案的过程与尸块的形状，最终呈现出一幅“拼图式”的叙述全景，一如钉满了照片、挂满了错综复杂线绳的案情梳理墙。

本书名为《献给逝去少女的鲜花》，结合全文来看，“少女”一词虽用了单数形式，但其所指远不止于此，“献花”则至少有如下四层含义：自然的献花、角色的献花、众神的献花、作者的献花。女孩的埋骨之处生出了其他地方已不再常见的五颜六色的野花（虞美人、杓兰、荠菜花、二行芥、锦葵、悬钩子……），这是大自然对这名死去少女的献花，也是作者笔下的“平衡”对其的补偿与抚慰。书中的各个角色或积极搜证，或提供物证，或发挥自己的异能，或保管着关键线索，或促成对凶手的最终审判，这是书中角色对死去的女孩、对书中所有含冤而死的受害者的献花。潟湖镇外部的神祇、内部的守护神与能力者、其上更高位的存在或暗中相助，或直接出手，最终使“野兽”伏法，守护了小镇一隅之地，也让死去的少女蜕变为大写的、更高的存在，这是戈伊苏埃塔的写作宇宙中诸神力者对少女的献花，也是他们对平衡的维护。作者塑造的书中疑案在结案过程中有多方通力合作，结案后小镇与世界也恢复了安宁，这是对现实生活中无数同类（但结局远没有那么完满的）悬案的真实受害者们的献花。

作者在小说中以布鲁娜与露西娅姊妹的名字暗示了全书一以贯之的“明暗对比”式写法。小说在角色设置上存在明暗对比：露西娅之名意为光明，布鲁娜之名意为黑暗，她们也分别是生命与死亡的后裔；男孩与律师矗立于光明，野兽与凶手则躲藏于阴影。小说的情节与结构中也存在明暗对比：皮拉摩斯和提斯柏的传说是儿童的睡前故事，玛丽亚和马塔莫罗斯的纠葛是同一个童话更黑暗、更惊悚的版本；“熊蜂迷思”的明面是励志的演说，鼓励布鲁娜觉醒自己的潜能，做到“因信得义”，其暗面则是客观的限制（初始的空气力学计算模型有误）与“因召得义”（阿莱尔的父母、各能力者在未接触局外人之前没有特殊能力或能力有限）；布鲁娜与阿莱尔的爱情，其光明的阐释是二人因命定的爱恋而走向必然的结合，其黑暗的阐释是二人在局外人的布局下、因在者对尘世之爱仍有留念而被动走到了一起；对案件罪魁的审判，其光明的结局是人性对兽性的胜利、善对恶的胜利，其黑暗的结局是强者对弱者的征服、神力者的吊颈游戏、不死不灭的野兽——人性之恶——的幕间休息。从这个层面来讲，《献给逝去少女的鲜花》是做到了结构自觉的作品，也是真正意义上“黑暗”的小说。

在翻译过程中，孙永杰、王自强对译稿的几处表达提供了有益的见解，在此一并表示感谢。此外，所有译稿中的疏漏当属译者本人之失，还望读者诸君不吝赐教。

2024 年 9 月

于广州 花都

献给逝去少女的鲜花

目录

[01] 上吊的人

男人睁着眼，但看不见。他的眼睛死了。死且冷。死如其人。冷如目之所及。

这空洞的目光将女人催眠，将她的思绪引入意识深处。在那里，神经元飞速运转，她随之匆匆掠过记忆的巢穴。突然，世界在她周围停了下来："要全力奔跑才能留在原地。"她加快脚步，却在难以自拔的恍惚之中更深地陷入自我："要到达别处，必须以两倍的速度奔跑。"她开始奔跑，将自己的身体投射至无限远端，又向内拧在一起，直至受伤。她向内翻找，历数自己走到今天这一步所经历的点点滴滴。她不在乎这样做是否会痛，她甚至没有了对疼痛的感知。她玻璃般的眼球里映出失明的瞳仁。在逝去的双眼的注视下，她陷入沉思，逐渐膨胀，终于——砰！她无声的尖叫与世界的脉搏齐鸣。她感到恐惧。她觉得自己黑暗又光明。

是为生，是为死。

霎时意识重回，带着悲伤的蓝色：这种蓝一度浸入天才的画布，现在又将绝望传染给每一个观画的人；这浓烈的忧郁身披蓝调的音阶，在雨和咖啡的午后催人断肠。

她想起住在沙漠中的那些蓝色的人。总有人说那是因为他们身上的衣物褪色时，靛蓝色染料渗入了他们的肌肤。但她却在这些“免受沙尘之苦”的人们身上见到过另一种更纯粹的蓝色——彼时她出走远方，找寻自我，却意外撞见了这个懂得用仪式祈雨的部族。这些独特的男男女女隐藏着自己的魔力，隐藏着他们真正的信仰。她很快便发现，他们中的许多人会从黄玉色的眸子里渗出水来——这才是他们真正的蓝色。正是在此处，在沙丘之海中，在结束这场改变她内心的旅行之前，她发誓也要隐藏自己的秘密。

她当然也知道“明奇蓝人”的存在，他们也被称为风暴的凯尔派（Kelpies），这些人形生物常被认为是堕落的天使或海洋的化身。他们会向路过的船只发起和诗挑战，而如果船长不能续写给出的诗句，他们便会叫行船倾覆，使海员遇难。这些水生生物平日里安静地在海面上漂浮、入睡，但必要时也会掀起风暴，搅动海洋与天空。

而她不知道的是，原来上吊的人也可以是蓝色的，正如她眼前摇晃着的、如带着怪诞的戏剧假面一般吐着舌头的男人。

但故事的开头并非如此，或正是如此。

[02] 无眠

森林彼端，黄昏将尽，而松树之下，夜色已深。浓密的树冠围成厚实的屏风，不让一丝月光从缝隙间溜入，窥探树林里万物各自的生活。

布鲁娜正在为自己的下一个摄影展选址，她跑了一天，看了很多地方之后，现在正抱着摄影器材走在回家的路上。在这片她再熟悉不过的森林的夜幕下，她感到无比舒适，舒适得像一只屋顶上的猫。这次的展览，她想以摄影为媒介窥探模特的灵魂——将他们剖开，必要的话放干他们的血。她试图掏出模特内心的全部，捕捉他们的每一条皱纹、每一道伤疤、每一个手势、每一处能体现其生命本质的细节，再以森林和黑暗为背景进行创作，最后用动物性的元素加以点缀。换句话说，此次展览将是一次生命与鲜血、目光与伤口、兽性与黑夜的狂欢与礼赞。事实上，这是上一次反响颇佳的个人摄影展的续作，是同一主题的赋格，是更深入、更私密、更黑暗的变奏曲。

火没有影子。每个人都知道这一点，但却几乎没有人会在意：人们已经忘了阴影的重要意义。影是光的反面，是隐藏的真相（不断胀大的巨人，终于不得不在自我的暗影里佝偻了背，匍匐了身），是伪装在黑色里的真实。

她边走边在脑海里想着影子的事，这时，迎面走来了一个她经常合作的模特。

“我帮你提吧。看看你，这大包小包的。”

“噢，乌尔弗，你能来真是太好了！你帮我拿包或者三脚架吧。带着这么多设备走了几小时，真是累死我了。”

“我想也是，所以在家没看到你就马上出来找了。来，包和三脚架都给我吧。”

男人很强壮，这点东西对他来说不算什么，他粗壮的手臂提起东西来似乎毫不费力。他的幸福之处就是能为她分忧，他血液里流动着照顾所爱之人的热望。

“想好晚上怎么吃了吗？要不等我洗完澡简单做点一

起吃？下次展览我又有新灵感了，我现在迫不及待地想和你分享。”

“那你先洗澡，洗完我给你按摩一下，之后再一起做晚饭怎么样？”

“你会配合我表演狼嚎吗？”

“看来是躲不过了。”

“那么，我接受你的提议，但是只拍照，不干别的。”

黎明在床榻间捉住了二人。他们都醒着。

“乌尔弗，再向我保证一次，你永远不会爱上我。”

“你老是这样说。我真不明白，你明明是爱我的呀。”

“是的，我爱你，但不是那种爱。”

“有时候没人理解你，我保证会尝试理解你的心，但不能保证不对你动心。这一点没得商量。”

“别傻了，我喜欢你爱我，但是是像现在这样的爱，像两个关系很特别、偶尔有肌肤之亲的朋友一样的爱。我也希望要是有一天我们不再有肌肤之亲时，你也会继续这样爱我，就像我也会永远这样爱你一样。”

“意思是你已经厌倦我们现在的关系了？”

“我只是在想，人与人之间有着不同的纽带。如果我们能倾听自己真实的感受，不矫饰，不掩藏，如果能坦然承认爱有很多种形式，承认有时一种关系会嬗变为另一种，但同样稳固、同样亲切，那世界会变得多么美好啊。我们绝不该做的，是违背自己的心。我是这么看的，有时候，人与人之间互为桥梁、互为导师。我们在与人相处的过程中渐渐明白，自己想要什么，不想要什么。于是，我们慢慢学会了取舍，变得挑剔，但与此同时也学会了在环境中忍耐，随遇而安，学会承认并拥抱人与人之间各种形式的联结。”

“你还好吗，布鲁娜？为什么现在和我说这些？”

“我没事，只是好几夜没合眼，想得有点多罢了。这些想法刚好也和我正在写的小说有些关系。而且最近我也一直在思考这些问题：我们每个个体对他者而言究竟意味着什么；我们的存在如何影响他人，而他人的存在又如何影响我们；为什么我们和他人的关系，无论是否是亲密关系，无论是否有意为之，都会不可避免地影响另一些人……没事，别理我，我有时候想问题喜欢自言自语。好了，快睡吧，已经很晚了，我都没怎么让你好好休息。”

[03] 寂

森林之心在颤抖。

小型动物的生命之声，与树的根须和枝节隐秘的爱抚一起，织就了一片低语的网。大型动物沉默不语。它们似乎处在存在的另一维。而当它们发出声响，那异动铿锵有如鸣金，那嘶吼孔武有如强袭。此刻，幸好森林他处还有其他背景音，否则，它们的沉默必叫人失去理智。它们听到了。大型动物们察觉到种群里的沉默，那种静或许依附在风中，或许藏在树叶间，拧动着它们的躯干，又或许正瞒天过海，悄然接近它们的身体。它们闻到了。野兽的舌头，训练有素的，品尝着死寂所散发出的腐臭气息。沉默就在空气里，填满了一切。

这是几千年前的事，却仿佛就发生在今天。

女人在颤抖。

她的寒毛直立，发丝里满是电流。森林的静默，她嗅到了，也感觉到了，所以她恐惧。她无法入睡，只能侧耳倾听兽的默语。没有躯体让树枝沙沙作响，没有柔软的爪子让草皮塌陷，没有蹄子刨动地面，没有翅膀扇动仲夏的夜晚。

[04] 童年花朵之乡

我凝视过奇幻世界门外的幽森，见证过已死之人苏醒。我惊叹时间的妙笔，剔净了树骨，点染了病枝不可能的春色。我看到自己的身影在清溪里飞流直下，在水洼中凝结成浑浊而静谧的影。我看见自己双手捧满春的馈赠，用双眸啜饮新绿与生机。我曾见过你们无法想象的美。

……

湖水变成了螺旋，我的倒影也卷入其中。只见一个影子在奔跑。在它身后，一切都变成了灰色，只有那堆尸骨闪烁出越来越亮的光，闪得我头晕目眩，闪得我视线里只剩下了那表面已被时光柔化了的白骨——那是我被光明淹没了的双眸里倾吐出的时光。我感到一阵剧烈的疼痛，知晓了这具骸骨背后必然有着一段悲伤的往事。

是日拂晓，布鲁娜拖着饱受失眠折磨的疲惫身躯从床榻间爬到了沙发上。这些话语在她脑海里盘桓，赶走了睡眠，她迫切地要把它们写下来：把它们从思维里驱散，让它们不要再胡搅蛮缠。天还未亮，她已灌下了两杯咖啡，吐出了好几页文字。她怎么也想不到的是，这些文字当天就有了意义。早知如此，她可能压根就不会从床上爬起来了。

布鲁娜和露西娅把女孩逝去的那块地方叫作“童年花朵之乡”。之所以叫这个名字，是因为这里生长着好几种只有此处才能见到的野花。几十年来，她们甚少能在别处看见类似的品种。幼时，两人采摘这些盛开的鲜花，小小的胳膊几乎环抱不住大捧的花朵；而今，这几个品种几乎已经在各处田间地头彻底隐匿了踪迹。五颜六色的小花，曾是春夏两季的主宰，现在却只能时不时地现身于公路边的沟渠、荒芜的草地和人迹罕至的旷野，对沥青和混凝土的进军发起怯懦而凄美的抗争：娇嫩的虞美人、甜美的杓兰、可爱的荠菜、黄澄澄的二行芥、各样的锦葵……

姐妹俩经常在森林里漫步。有时她们只是随便走走，有时她们会去采摘田野在每个季节里不同的馈赠，芦笋啊，蘑菇啊，核桃啊，葡萄啊，再把其中大部分做成露西娅小店里食客桌上的佳肴。然而，那天早上，两人只采撷了心绪，收获了新鲜的空气与几幅摄影作品。

“布鲁娜，快看！”露西娅总能猜到她喜欢拍什么东西，并在第一时间指给她看。那是两只蝴蝶，在求爱的舞蹈中你追我赶，划出一道美丽的蓝色轨迹。

“噢，露西娅！千万别让它们落在你指尖，它们就是这样窃取人的灵魂的！”每当布鲁娜说出这样的胡话时，露西娅就知道，她已经踏入了幻想的世界；但她也知道，幻想的境地与现实的厚土一样坚实。但是，也不妨澄清一下：露西娅是绝对不会让那些看似无辜的生命降落在自己的身体上的。

蝴蝶在温暖的空气中翩翩起舞，在花草树木间滑翔，在身后留下一道道细小的彩色光尾。布鲁娜手持相机跟了上去，直等到它们在一块看起来像是巨大骨片的东西上栖息了双翼。这时，先落下的那只开始缓慢地扇动翅膀，极尽媚态。另一只接收到了爱的信号，马上扑了上去，准备用同样色泽的双翼与它欲求的对象缠绵。布鲁娜走近时，它们便不安地飞走了，但她并不在意。她的注意力已然转向了别处。她开始用紧张到颤抖的双手在骨片四周挖掘。起初，她只当自己是找到了新的摄影素材，但当她稍微将尘土拂净，便立马意识到，这块骨骼的主人恐怕并非没有理智的物种；然而，它的形状——真是矛盾呐——却活像一只蝴蝶。她在白骨四周挖了起来，用一根小棍儿戳来搅去，又用双手刨出干燥的沙质土壤，弄坏了刚做的指甲。她边挖边默诵自己曾经写下的话语，那是她每次在野外偶遇动物盆骨时，都会想起的话：

兽的盆骨是死亡阴邪的假面，守护着它们早已被遗忘的宿主一度栖身的森林。

不久前，正是这句话催生了她拍摄一系列主题影像的想法：以各种兽的白骨装饰人的面孔；给没有角的物种光秃的头骨戴上犄角的王冠；用盆骨框住双眼；让逝去的鸟喙衔住鲜活的生命；将骨块拼成半人半兽的骨骼，构拟成介于二者之间的、尚未成型的神话生物的隆起物……主题影像系列的最后一张照片，也是整个展览的重点，拍摄的正是她自己：她将一只鹿的头骨与角做成面具戴在脸上，身边围绕着展览中其他摄影作品中的主角。在展览开幕式上，她也是和照片中同样的打扮：面孔隐藏在骨片之下，身上裹着一件兽皮披风，头发里裹挟着细枝与碎叶。她在梦里见过这身行头，而说来也怪，几天后她就在家门口发现了一个巨大而闪亮的盒子。她按捺不住内心的好奇，上前瞟了一眼，惊讶地发现里面放着的正是几日前她在梦里看到的东西：带犄角的颅骨与保存完好的兽皮披风，像是一份华丽的贺礼。这究竟是熟人的好意，还是命运的巧合？其实，布鲁娜一开始也以为这是身边的某人为她准备的礼物，因为这人似乎清楚地知道自己正在筹办摄影展。但是，她向亲朋好友问了个遍也没打听出个所以然来，那么这份惊喜的馈赠定然出自某位不求回报的有心人。因此，她也就欣然接受了，只当这是某位知音对她的艺术表示尊重和认可的方式。自那时起，她一直仔细保管着这套服饰，还经常趁没人的时候拿出来穿上，再把自己打扮成照片中的模样：这种感觉意外地令她神往。

她大声呼唤自己的姐妹，让她快来，自己则继续跪坐在地，顶着满身黄沙。露西娅小声抱怨着来到近旁，而当她看清地面上的东西后，脸色唰的一下就白了。她用手拂过白骨，立刻明白：她们窥见了某种异常邪恶之物的一隅。于是，两人不再继续挖掘地面，而是看向四周，寻找着尸骨其余的部分。一处长满了悬钩子、难以靠近的塌陷底部，似乎能看见一个圆溜溜的白色物体，正用堆满了荆棘、荒草、杂花的空洞眼眸注视着二人。它在注视着她们，是的。没有眼睛，没有肉体，但它看到了她们。她们在灵魂深处感受到了那空洞的目光。该叫警察来了。

那一天，她们对自己的母语有了更深的认识：西班牙语里有时会说，某人去“养锦葵”了，这其实是暗指那人已入土为安。而就在那片空地上，早夭的女童提供的养分让土壤肥沃了三十个春秋，沃土滋养了锦葵，也催生了其他花朵，一片欣欣向荣的景象。

那地方没有信号，于是两人快步返回来时的小路，她们的车停在那里，她们知道那里就能收到信号了。逝去的女孩跟在她们身后，一直跟到空地的边缘。她面带微笑：濶湖镇埋藏最深的秘密之一终于得见天日。

是年季春，繁花无限的盛夏将至未至之时，雨水丰沛，古老的溪流里奔涌着无限的活力，充盈着三十余载长久渴求的重生。湍急的流水涌入了小山洼，搅扰了女孩安息之所多年来的平静，将几块骸骨卷走，也让另外几块露出地面。

女孩一直耐心等待时机成熟。多年来，她亲眼见证了自己了无生气的肉体支离破碎、分解殆尽的全过程。她的躯体静静地躺在小溪的岸边，隐藏在荆棘与灌木丛下——那只野兽正是把她扔在了森林里这处人迹罕至、如诗如画的地方。首先是小型动物、细菌和昆虫来完成它们的工作。之后是太阳和风值勤，根据天气的变化给她干净的骨骼涂上了美丽的白色。最终，三十年后的今天，大自然把这个可怕的秘密公之于世，而那作恶的人，恐怕还以为世人早已将往事遗忘。

三十年在生者的世界里可谓是一段漫长的时光，但对承载着永恒之重的人来说却不过是弹指一瞬；或许正因如此，女孩才片刻不忘那人对她的折磨。如果说看到自己的尸骨无人问津、散落各处会让她伤心的话，那必定是因为世人永远不会知晓，那人在她拒绝张开双腿时把她打得牙都掉了几颗，再在把她按在地上时拧断了她的双臂。人们或许还能从她缺失牙齿的剩余部分头骨上找到一些线索，但断裂的手臂恐怕就永无人知了：断裂的尺骨与桡骨都早已无迹可寻。而那些最恶劣、最可怕的行径，全然没有留下任何证据。再无人知晓，几个小时里，女孩唯一的慰藉竟只有不时因疼痛而发生的昏厥。再无人知晓，事发当天，最美妙的时刻是她终于咽气的那一秒。

遗体的惨状震惊了最先赶到现场的两名警员，他们刚从学校毕业，刚加入国民警卫队没多久。尽管他们装出一副镇定的神情，但苍白的面容还是出卖了他们的慌乱。看来，与死神面对面的经历的确对二人造成了不小的冲击。在确认现场的尸骨确为人类遗骸后，他们第一时间向警长报告了情况，警长旋即通知了司法警察，自己也火速赶往现场。

于是，演出开始：人群接踵而至，脚步错杂；厚厚的靴子践踏了已在荆棘丛中枯萎的花；法官、法医、犯罪学家和调查人员鱼贯而行，玷污了这片迄今为止都如此隐蔽、如此孤寂的处女地，这里多年以来，除了姐妹俩和偶尔的行人外，再无人涉足。演出结束后，女孩终于结束了曝尸于野的漫长光阴，重新睡在了屋檐之下。多年前的那个夜晚，女孩从村子里唯一的那家酒馆走了出来，在回家的路上遇到了那个让她魂牵梦萦的英俊少年。少年也因她身上的十五个春天而沉醉，向女孩询问自己是否能陪她走走。女孩暗自欣喜，高兴自己又实现了一个梦想。她露出微笑，答应了他。在那个年代，当爱情开始按照通常的顺序生根发芽时，人人都会自然而然地感到欣喜：一个女孩爱上了一个男孩，并得到了男孩的回应；男孩主动接近、发出邀请，女孩则表示同意和他约会；他们发展成恋人，生命的河流继续流淌……然而，名叫玛丽亚的女孩却怎么也没想到，某种存在对她娇嫩的身体觊觎已久，已经快要无法忍耐了。那怪物急躁、暴虐、冷血，欲望不受控制，残忍没有底线。

怪物自己也还不知道自己能有多可怕，但用不了多久就会知道了。

她是第一个，怪物失手了。往后的日子里，怪物渐渐掌握了分寸：当游戏以死亡告终，几乎不再可能是意外，而只会是计划好的结果。所有还活着的受害者都会不假思索地说，幸存下来反而更加不幸。当然，如果她们还能说的话：有些人已经死了，有些人只能把话写出，因为她们没有了舌头，还有的人连写也不能写，因为她们没有了手。其他人要么疯，要么傻，要么饱受精神疾病的折磨。总之，无一幸免。

[05] 秘密

所有秘密都栖息于黑暗之中，其习性大抵如此。所有生命都是某块巨型织物的一部分，勾勒出织机上挂毯的经纬。将人与人联系在一起的纱线在锭子上错杂地缠绕在一起，而共同的秘密就像锭子上的配重，在个体的命运陷入混乱时牵起百端的纱丝，以向心力为人群加捻。

与几乎所有的古代传说一样，在潟湖镇，也总是由女性操纵着织机的梭子。编织者数千年来一直承担着织造讲述本族故事的挂毯的职责，但她对自己的工作并不自知。在往日的漫长时光里，她的名字或许是帮助忒修斯走出迷宫的阿里阿德涅给予的，或许是运用将一件衣物织好了拆、拆好了织的缓兵之计的佩涅洛佩给予的；而今，她的名字叫：露西娅。她拥有这样一种魔力，能让来她小酒馆吃饭的客人展露出最好的一面。她手握这样一种魔法，能将普通的食材变为花蜜琼浆，连神明都愿享用。她的菜色能化悲伤为快乐，变黑暗为光明，让老饕们也都成了回头客。于是，虽说她不愿扩大生意规模，免得失去自己宝贵的闲暇时光，稀释了对食物的热爱，但她的生意还是越来越旺，餐馆的名声也越来越响。

她想继续像以前一样制作糖果，用小火炖煮蔬果的蜜饯，把花园里的水果做成果酱再用爱意封罐，用耐心和她在田地里精心挑选的香料将肉烹烤。她喜欢给人们提供食物，喜欢侍弄庄稼，喜欢在乡间散步时收集香料。爱，这就是她全部的魔法。

名字会影响人的生活、生存方式或行为特征，这一点尚未得到科学证实，但就像许多其他尚未得到证实的事情一样，它确实发生了。露西娅的名字意思是“光明”，她的内心也充满了光明；布鲁娜的名字意思是“黑暗”，她的内心也充满了黑暗。不过，值得注意的是，光明里也有黑暗的影子，黑暗中也有光明的足迹，或者说，光明和黑暗各自都有很多不同的类型。两姐妹各自造成了反方向的力，但二者相抵反而达成了平衡，这和生命与死亡在另一个维度里所为之事如出一辙。光明与黑暗，如此截然相异，又如此断然相等，因为没有光就没有影，没有暗就没有明。光明与黑暗，谁都不是坏的，谁也都不是好的，一切都视具体情况而定。

在名为“露西娅之家”的小店里，在陶瓷与玻璃的嘈杂声中，百种人生与各色人等相汇，人与命运合流。此处，美食的慰藉令人舒展了舌尖，放松了灵魂。食客们或谈生意，或聊八卦，恋人们或保持着礼貌的社交距离相视而笑，或靠近彼此将十指紧握——这取决于他们关系的进展。可以这么说，镇上居民间发生的所有故事，都被这个“小镇食堂”里的桌椅板凳看在眼里了。

那天，当局外人第一次踏入餐馆，所有人几秒内全都停止了交谈，向门口望去。而片刻之后，一只名叫礼貌的精灵出手了，将寂静中的骚动重新溶解在人声鼎沸之中，它迫使每个人装出一副“事不关己”的刻意的漠然，但实际上，装得有多不在意，实际上就有多挂心。局外人无动于衷地把一切看在了眼里，兀自穿过餐桌与餐桌的间隙，来到了饭馆另一头的空位上坐下。他唇边挂着一抹诱人的微笑，等着有人来招待自己。他知道，一定会是露西娅来招待他。

“早上好，想好要点些什么了吗？”

“嗯……我还没想好。我正沉浸在嗅觉的狂喜之中，试图辨认出弥漫在整个餐厅的每一种曼妙的香气。炉子里在煮些什么呢？简直像是奥林匹斯山众神的盛宴！”局外人脸上的微笑就像冬日里的热水澡，让露西娅感觉暖洋洋的，情不自禁地坐到了他对面的椅子上。

“希望您不介意我坐下，这样能更好地向您介绍清楚。我们的菜单上没有太多菜式，当然，我说的是印出来的这张纸质菜单。之所以这样设计，是想在几个基础品类之外，每天再根据市场的行情和厨师——也就是本人——的心情推出不同的菜肴。”她挂上了笑容，继续说道，“现在这会儿，如果您想的话，可以尝尝我们家自己酿的啤酒，边喝点儿边慢慢考虑要点什么菜。我们的家酿啤酒在这一带可是很受欢迎的。是我丈夫亲手酿的。”

“太好了！还有谁的建议能比厨师本人的更好呢？今

天的食客们品尝到的是什么样的特色菜呢？我闻到的……这是烤羊肉的味道吗？对，没错，应该就是烤羊肉，这味道我再熟悉不过了。我还闻到了月桂叶的味道。是的，月桂叶，毫无疑问！正是神奇的月桂——永恒的象征。我还闻到了另一种香料……迷迭香！正是它装点了坟墓与桂冠。‘神圣的迷迭香，神圣的迷迭香，让坏的出去，让好的进来。’”他唱了起来，又继续评论道，“哎，基督徒总是喜欢剽窃异教的习俗！”而他马上又说回了食物，“厨房里还在煮着其他的东西……对了，正是这杯中和锅里的红葡萄酒——神圣的灵药，让人意志模糊，嘴染血色……”

“太厉害了！您鼻子真灵，而且似乎对每种食材的象征意义颇有研究。我们来打个赌，如果您能说出我烤箱里的另一种食物来，您的甜点就我请了。”

“亲爱的，您确实懂得如何激发一个饥饿之人的嗅觉……让我想想……是面包！还热乎呢！”

“真了不起，恭喜您赢得了一块自制黑莓派，这是今天的时令点心。”

“森林之果，既美味又古老。我真是太开心了。饭都还没吃上呢，我就已经知道日后会常来了。”

“而且很健康，还是刚采下来的。抱歉，请原谅我的好奇心，您知道的，像我这样的老板总是会忍不住打探顾客的隐私的：您会在这里待上一段时间吗？”

“我是这样打算的。我整个上午都在四处乱逛，想看看能不能在这附近租到房子。”

“您找到合适的了吗？”

“码头边上有个我特别喜欢的，那个湖深深地吸引了我。房门上挂着‘招租’的牌子，但打电话过去没人接。”

“这事儿好办。您看到角落那桌那位白胡子的男人了吗？那是他父母的房子，是他在招租。但他不喜欢用手机，待在这里的时间比在家里还多。您最好是在这里找他直接谈。不过不用急，他没那么快走的。您有足够的时间可以慢慢吃。我得先过去了，里面走不开。”

“您能抽出时间和我一起吃甜点，顺便和我讲讲镇上的逸闻趣事吗？”

“我尽力而为。”她眨了眨一只眼，站起身来。

而她真的腾出了时间与局外人共用了甜点。她和他聊美食，聊镇子，聊自己，有些事她不确定是否应该和他讲，但最终还是讲了，而且感觉非常好，比以往任何时候都好。

之后，她把他介绍给码头小屋的屋主，让他们好好谈谈，自己则继续去忙自己的事了。然而，她已经不再是原来的她了，有些东西开始发生变化，就好像突然之间，一些一直存在的问题变得显而易见，她比以往任何时候都更想让大家品尝她的美食，就好像她的菜肴是她自己的延伸，可以触动食客的心灵。

当局外人离开餐厅时，她似乎变得更加耀眼，尽管这光亮几乎没有人能看到。

[06] 局外人

我们害怕未知的事物，这是人类的天性。不过，这天性中的恐惧，有时也会屈从于对知识的渴求。这便是人类的失乐园，在自然母亲的助推之下，我们渐渐成为现在的样子。

起初，我们害怕火；后来，我们学会了灭火、用火、生火。当我们还是野兽的猎物时，我们害怕它们；但我们最终扭转了命运，先是学会了利用它们的遗骸，再以智慧和魔法猎杀它们，最后将它们驯化。就这样，我们靠着观察力的庇佑，为万事万物找到了合理的解释——首先是宗教的，其后是科学的——并逐渐失去了对周围事物的敬畏之心。但我们的自大也有其代价，因为我们忘记了对大自然的尊重，忘记了她的力量，忘记了取悦她的方法。我们也开始忽视那些我们无法解释的东西，不再尝试去理解它们，于是也就失去了掌控它们的能力。从那时起，尽管近几个世纪以来科学取得了长足的进步，但我们在某种程度上确实已经开始了退化之旅。

在几乎没有游客的小镇上，面对陌生人的态度无外乎是这最常见的两种：保持警惕，或充满好奇。这两种矛盾的情绪，往各自相反的方向，补全了名为“害怕”的合力。

潟湖镇的居民不习惯有陌生人在此长期造访，这种情绪往往会在不经意间演变成昭彰的敌意，因此几乎没有外人会在此地久留。但如果某位外乡人的造访是为了与某位本地人结为连理，又或者这位外乡人显然是来寻找一个永居的新家的时候，情况就大有改观了，居民们会放下戒备之心，而且，随着时间的推移，每个人都会亲自出马，帮助新成员融入社群，为他最终理解本地的风俗习惯铺平道路。

但局外人的情况略有不同。尽管他刚开始的架势让人误以为他要在此处停留许久，但实际上并非如此，他一办完要办的事就离开了。在这段时间里，他在每个和他有过接触的人心里都掀起了波澜。居民们不知道为什么，但毫无疑问，事实就是如此。局外人给居民们带来的情感远非“不安”这么简单：他的出现让他们害怕，同时又无比心安。似乎有一片无形的、难以名状的深渊将他包围，那是一个虚无的光环，奇诡与玄妙之事同时发生。而好奇心自会战胜一切：居民们因好奇而与他接触，因对奇事奇观的渴求而将他接受。潟湖镇的居民并非胆小之辈，在不寻常之事面前也绝不会轻易就被吓破了胆。

乍看之下，他的外貌与常人无异，也许身高略高些，但实在也没什么特别之处。他骨架很大，但身形瘦削，好像整个人都挂在衣架上似的。他的脸既不年轻也不苍老，但却呈现出一种令人不安的成熟。他是那种时而极具吸引力，时而又令人不快的人，他的姿态总是介于讥讽、责备、接纳、微笑之间，呈现出一种过于复杂的割裂感，倒映出他深邃而多变的内心世界。

普通人在路上遇到像他这样的人时，会立即察觉到一些让他们不安的东西，但却无法确定到底是什么让他们不安。这就是潟湖镇居民正在经历的事。如果你问他们，到底是什么令他们不安，他们就会像夜晚在大马路上受到惊吓的兔子一样，满眼错愕，惊恐万分，但却一动不动，不知道该怎么办了。他们无法理顺他的形象在他们脑海里造成的混乱，他们也不敢承认，当望向他时，他们确确实实看见了他波动着的身影。那波动的身影，就像太空的高汤里，一把正在沸腾的星星，又像组成某个液态星系的一片光点，相互靠近，隐约地围出他固态的外形，而这些星火之光又是多么虚无缥缈，多么躁动不安，才能织就这样一道光影的缎带，一静一动竟都如此自然？那波动的身影，活像一幅从画布上走下来的点彩画。是的，上一秒他的身影还是点状的波纹，但下一秒竟又变得有血有肉。这正是他们所看到的景象，但他们将永远守口如瓶。

局外人是在小镇动荡不安的时候出现的。不过，严格来讲，他其实是在骇人听闻的“大发现”将小镇的宁静搅得天翻地覆的几天前就已到达。这一事件在一定程度上分散了众人的注意力，所以他只在刚到的几天里才是众人关注的焦点（若非逝去的女孩重见天日，大家的注意力肯定还会在他身上停留数月之久）。镇上的恐怖发现无疑有助于消除居民对局外人的芥蒂，更别说他还租了房子，这无疑预示着他可能会成为他们中的一员。而且，奇怪的是，在与他见过面，被他的“魔法之触”影响后，所有人竟然都觉得，他会成为他们中的一员是再自然不过、毋庸置疑的结论。

[07] 怪物猎人

怪物几乎无处不在。有些人天生就是怪物，他们背负着污名在这个不允许怪物存在的世界上苟且偷生，另一些人被迫成为怪物，他们别无选择。有些可怕的男男女女，他们扭曲的心灵驱使他们打破所有人性的底线，犯下最骇人听闻的暴行。有些人只是被某位神祇褫夺了继承权的生物，这位神明似乎拒绝承认他们的身份，只当他们是不肖的造物，不能反映自己的形象。另一些人成为怪物则是生活所逼，比如几个世纪前，潟湖镇一家人就吃掉了自己逝去的儿子，那是因为当时正值严冬，已经找不到任何别的吃食。另一个例子是那些不懂得如何与自己有精神缺陷的孩子相处的父母，他们只会把孩子关在家里，因为他们不知道该如何应对他们有时展露出的暴力倾向。兽性确实存在，有时候，它只是生活环境或疾病引发的错误。另一些时候，它是纯粹的邪恶：不加掩藏的、黑暗的、不可解的、扭曲的、肮脏的，同时也是……深刻的，邪恶。

怪物猎人刚来到镇上，此刻，他正坐在小酒馆里，观察着其他桌的客人们生命的轨迹，他面前摆着一杯滚烫的咖啡——在这样热的天气里似乎有些不合时宜。在他看来，工作日的餐厅里还有这么多人是有些反常的——这样小的一个小镇实在不太可能有如此的客流量。他思忖着，尝了口咖啡，吃了块随咖啡附送的小面包，此时，他心头的疑虑已经烟消云散。“好吧，”他想，“反正短时间内是走不了了，有好咖啡喝总归是不错的。”

戈列罗，这正是他的姓氏。在他的故乡，西班牙中北部的市镇——索里亚，那片寒风吹彻、土壤发红的土地，人们经常说他人如其名。名字的意思是“战士”，他自己也是条硬汉。朔风塑造了他坚毅的性格，红土哺育了他强健的身躯，他的血管里流淌着凯尔特人的血液，那血液就像坚韧不拔、百折不挠的努曼西亚人的血一样红。他是一个真正的男子汉，公正严明、一丝不苟——这是他祖母对他的预言。而预言确已成真。他身上所有的这些品质，加上早年间就已确立的铲奸除恶的志向，使他义无反顾地走上了现在的道路，而这条路的其中一条岔道就是这个名为“潟湖”的村庄。

他的专长是狩猎那些无法控制自己、在被捕之前不会停止杀戮的野兽，不过有时也会去接手处理那些只是偶尔玷污了生命的怪物。

戈列罗是那种一眼就能看出他“国民警卫队”身份的人。而且，与局外人不同的是，他刚一踏上小镇的街道，全镇的人就都猜到他为何而来了。

“那些骨头……想必是很可怕的事件吧？”局外人向戈列罗走来，轻轻拉开他对面的椅子，没有征得同意就在桌边坐下。

戈列罗此时正享受着独处的时光：一个人喝着咖啡，吃着早餐，分析着刚刚到手的案件，准备着之后前往现场接管调查。这时候被打断让他有些不悦，但他并未表现出来，也没有明确表示拒绝。相反，他决定顺势而为，反客为主。

“我猜镇子上应该引起了不小的骚动吧，诸位应该很少遇到类似的事件。”他不想马上亮出底牌，告诉对方自己是谁。至少现在还不是时候。在调查初期，隐藏自己警察的身份有时颇有奇效；不过，在这样的小镇里，自己的身份不太可能隐瞒太久。

“我也是这么想的，在这样的小地方，这种事自然会成为热门话题。茶余饭后，街头巷尾，谈的全是这件事。用不了多久，您自己也会注意到这一点。”

“那您知道被害人是谁了吗？应该会有些小道消息吧？我是不信镇上的人对此没有任何猜测。”

“这里的人恐怕都是惯会保守秘密的。就算他们有所猜测，我也无从得知。不过您也别急，我有预感，一切都会水落石出的。我猜上面已经派了精英中的精英来负责这个案子了。”

听了这话，怪物猎人愣住了，一时间竟不知该说些什么才好。局外人最擅长出其不意，似乎总是弦外有音，也喜欢让合理的怀疑在空气里飞一会儿。他是不是知道自己的身份？很显然，他不可能知道，但是……

“也就是说，您不是本地人？”

“是也不是。虽然我刚到这里没多久，但目前看来，这个小镇就是我的家。”

“您是来工作的？”戈列罗在谈话时总是忍不住直奔主题，他不擅长说漂亮的场面话，更喜欢单刀直入，快速获取有效信息。这算是他的职业病，有时即便不在工作也会这样与人交谈。

“算是吧，但我几乎要说是来度假的了。有些工作要在能激发灵感的地方才能完成，而潟湖镇正是这样的地方。”

“嗯，所以您是艺术家。”

“算是吧。”他回答道，表情似笑非笑，这让戈列罗深感不安。“抱歉我得走了，和您说话很愉快。祝您在镇上玩得开心——如果您的工作允许的话，也祝您圆满完成任务——我相信您一定会的。我能看出来，您生来就是干这个的。我们会再见的，就在镇上，这一点毋庸置疑。那么，祝您早安。”戈列罗几乎还没缓过神来，局外人就已经站起身来，向他伸出了手。

“也祝您早安。”他没再多言，只是握了握局外人伸过来的手。一瞬间，他觉得那手仿佛由光点汇聚而成。

戈列罗终于摆脱了局外人的影响，此时，他忽然意识到，那人绝无可能知晓自己的职业。他在桌上留下一张钞票，站起身来，走向门口。局外人已经不见了踪影。“那人腿很长，确实有可能走那么快。”他一边这样想着，一边猜想着当地警署可能的位置，凭直觉找了过去。

[08] 于最深处

所有的村镇都有共同的秘密，而且往往越小的村镇其共同的秘密藏得就越深。有时，这种“集体秘密”非常古老，老到无人知晓其来源，只有关于秘密的传说在祖祖辈辈的口耳相传中得以承继，隐约暗示了它的源头。没人敢完全忽视这些“奶奶的奶奶讲的故事”，它们完全存在于每个居民的私密领域，在他们的思想和灵魂中留下了火的烙印。人们可以从讲述这些故事时所用的紧张的手势（即使只是为了好玩）中窥见集体秘密的真容，可以从讲述这些故事时所用的戏剧性的停顿、刻意压低的声音、强压着恐惧的怯生生的笑容（就好像把故事从牙缝的牢狱里挤出来颇为费力似的）里断言集体秘密的存在，可以从人们讲述故事时默认采用的范式（每个人几乎都不约而同地采用了同一种叙事模式）中见证集体秘密的影响，也可以从本地特有的迷信习俗（其源头可追诉至几个世纪前）的自发传承（哪怕这种迷信已经触碰了现实与幻想的边界）中清楚地辨别出集体秘密在背后的推力。

潟湖镇的居民有自己的信仰，黑暗正是他们信仰的一部分，“存在”本身也是他们信仰的一部分。“在者”一直都在：在本地的传说中，在祖先写下的编年史中，在一代又一代奶孙相传的故事中；在由石匠雕刻的、悬于房屋门楣上的石板中，在潟湖镇的前身——废墟遗址——中发现的陶器残片上手绘的古老图案中。（这些废墟的残垣立在地面上，像地图上的等高线一般明显：那是一个庞大的建筑群，以山顶为中心，在山坡上散布着许多扁平的屋宇。早在罗马人开始觊觎这一地区丰富的矿产资源前，此地的居民就已经从山顶瞭望到了他们可怕的敌人挥师来犯。）“在者”其人，甚至在森林中最古老的树木上也留下了足迹。尽管在公开场合，每个人——除了耄耋老者和被视作疯子的年轻人——都会声称所有这些痕迹只不过是古老传说或牵强附会，但没有一个人敢不勤勉供奉，敢不带护身符就出门，也没有一个人敢不敬这位存在之神，尽管这敬意默默无声。

潟湖镇隐藏着许多古老的秘密，其中一些已经被唤醒。

局外人从一开始就闻到了黑暗的味道，这味道稀薄而强烈，好似沼泽：洁净的水面隐藏着污秽，黏稠的淤泥正好让死者长眠。他把潟湖底部想象成停尸间，尸体在腐烂植物和黏稠生物的残骸间缓慢而平稳地滑动，而高处，远离了这种可怕景象的地方，波光粼粼的湖面只透出了鱼儿的倩影与泳者的英姿，在无声的船腹间游动，像是穿梭于钢铁巨鲸之间。局外人的幻视或许并非总是现实的完美写照，但无疑从未错过。即使在很远的地方，他也能感知到邪恶。这是他的天赋，也是他来到此处的原因。

是的，局外人可以嗅到黑暗，不止如此，他还能嗅到镇上许多其他的东西：过着看似平淡的生活却有着广大神通的人、连拥有者都不自知的神秘力量、无人信其为真的幻象与欲求。简而言之，局外人能嗅到大多数人都否认其存在的东西，换句话说，他能嗅到魔法。

是日午后，在通往俯瞰村庄的花岗岩峭壁的杂草丛生的羊肠小道上，局外人和狼人乌尔弗第一次相遇了。乌尔弗站在一块巨石脚下，巨石被带刺的藤蔓环绕，其上闪烁着夏季森林馈赠的美味鲜果——黑莓。一抹极富光泽的紫色染上了他的舌尖，从他指缝间滑落，与他蓬乱的头发和参差的髭须一起，给人以野性十足的感觉。见有陌生人走来，乌尔弗不情愿地抬起头看了一眼，权当是行了个“走你的路，别来烦我”的礼，奈何对方不愿就这么走开。狼人恰恰是对镇上新的来客最不感兴趣的人之一。一般来说，除了他真正喜欢的东西之外，他对世间的一切总表现出几许兴致缺缺的疏离。如果让他随心所欲，他定会整天在乡间散步、爬山，或者在任何一个林木茂密的小角落待着，思考人生。他并非不合群，也不是讨厌社交，事实上，他还很喜欢与人交谈——当然，只能在他乐意的时候。此时的他正沉浸在思考的乐趣与黑莓的味道里，但一位陌乡客突然出现，打断了他的思绪。

“您介意我也尝尝吗？我一直无法抗拒黑莓熟透时具有的那种香甜。只消咬一口，那小小的球状果粒就会在口腔内爆炸开来，香气四溢。”

“没什么介不介意的，这片黑莓不是我的。它们自由自在，随心所欲地生长，任谁找到了都能享用。来，吃吧，这正是最美味的时候，而且两个人吃绰绰有余。”

“您知道黑莓有一个美丽的传说吗？如果您想听的话，我愿意讲给您听。我喜欢讲故事。”

“我也喜欢听故事。可惜啊，讲故事的优良传统已经失传了。我童年最美好的几件事之一，就是听祖母给我讲各种传说和古老的故事。我最喜欢的莫过于本镇的故事和传说。”

“这个镇子里肯定有许多故事的宝藏，您哪天愿意的话说不定可以给我讲讲？我很乐意听听。我一直对人类学很感兴趣，再没有什么能比流传多年的故事和传说更能说明一个小镇的情况了。”

“我有个叫布鲁娜的朋友，她前段时间正好开始收集这些传说故事。我不知道她的进展如何，但我相信她肯定也能给您提供一些参考。如果您会在这里住上一段时间，我们可以一起喝杯咖啡，我俩再和您讲讲这些故事。”

“这个计划堪称完美。理论上，我会在此处住上一段时间，看来我有机会满足自己的好奇心了。谢谢。”

“不必言谢，只是一个故事交流会罢了。我现在倒是对您刚才说要讲的故事很感兴趣呢。”

“那就请听吧！故事是这样的：皮拉摩斯和提斯柏是生活在古老的美索不达米亚平原上的巴比伦的两个年轻人。由于家庭的反对，他们只能偷偷相恋，通过屋墙上的裂隙互传尺素。有一天，饱受相思之苦的二人决定冒一回险，于是约好在一处喷泉边相会。那喷泉边上长着一簇黑莓丛。提斯柏正在等待她的爱人时，一头饥饿的母狮出现了。女孩落荒而逃，所幸没有受伤，但她的手帕却被缠在了黑莓带刺的枝条上。雌狮玩弄着手帕，这动物刚咬死的猎物残留在身上的鲜血染红了它。皮拉摩斯赶到时，看到沾满鲜血的手帕，误以为爱人已经葬身狮口，于是拔出匕首刺向自己，用鲜血染红了灌木丛中的黑莓。提斯柏返回喷泉处，看到心爱之人已死，便从他的脏腑之中将匕首拔出，刺进了自己的身体，与他一同归去了。自那天起，黑莓丛中便结出了紫色的果实。有人说，这个故事说的应该是桑葚，而不是黑莓，但我敢打包票，故事就是我说的这样。”

“那么，我相信您的说法。真是个了不起的故事呀！我喜欢用神话传说解释事物的起源。科学家们总是科学这，科学那的……简直没趣极了！”

“真希望人们的双眼能回归自我，回归根源，这样才能有更好的世界。不过，依我看，这个小镇的居民并没有忘记自己的根。这让我颇感欣慰。”

“这里的人们确实对自己的身份与习俗充满敬畏，为此我深感自豪。”

“我能看出您的自豪。请您永远坚守本心。这个地方需要您。您虽然还不知道这一点，但会有这一天的，我的直觉很准，我很确信事情将这样发展。请记住：永远要追随您的直觉，这一点很重要。”

“这话我就听不懂了。”

“请别介意，我有时候爱说胡话。我还想在天黑前登顶呢。我们随时镇上见吧。感谢您分享的黑莓，也谢谢您陪我说话。我会去找您赴咖啡之约的。”

局外人就此别过，走时用口哨吹奏起一首似乎十分古老的歌。狼人感到一股前所未有的冲动，他迫切地想在树林里奔跑，想脱光衣服在溪水里游泳，想用双手紧紧抓住大地，想让肺里充满空气，直到自己迸发出纯粹的生命力，面向丛林大声呼号。

狼的指甲嵌进地面，用爪子刨起岸边的淤泥。它愤怒地龇着牙。它流着口水，咆哮着。鹿女走到它身边，轻抚它的头。它转过身，舔着鹿女爱抚的双手。它平静下来。它的身体抽搐了起来，变得模糊不清，化为一团毛发、肌肉和骨骼的迷雾。他又变回了高大的男人，倒影在水中颤抖。她温柔的目光透过套在她脸上的骷髅头的眼眶看进了他的眼眸，只一眼便让他平静。

乌尔弗不安地醒来，他的感官十分机警，肌肉绷得死死的，像一头准备发动攻击的野兽。梦中发生的事情在他脑海中一闪而过，只留下模糊的残影。他试图抓住并拖拽记忆的丝线，但那丝线很快就消失不见，化成了几缕情绪的青烟。

结识局外人之后，他的梦境开始变得愈发强烈，醒来后他觉得自己异常强壮，近乎狂野，这种感觉与他遇到局外人的那个下午非常相似。

[09] 孤寂

没有人在黑潭——“死者之湖”——里为她濯衣，也没有人为她的葬礼挑选礼服。死后，没有人为她刻写丰碑，也没有人在她的长眠之地立一块纪念牌。没有人在她冰冷的遗体前守灵（哪怕是几个小时也好，让亲友悲痛欲绝地完成最后的告别），也没有人亲吻她冰冷的脸。她也没有被装进闪亮的木棺，飞过村镇的大街小巷，末了在最后的家园长眠。没有悲伤的钟声回荡在见证她成长的街道，送葬者的衣物也没有被染黑。没有为她举行的弥撒，没有丧礼，没有讣告。但她有鲜花，比任何其他逝者收到的都要美丽；她还有家人为她的出走而哀哭，为她的缺席而伤痛——她已缺席了家庭，也缺席了生者的世界；她还有一个自那天起，每年九月的第一天都会想起她的人，那正是夺走她性命的凶手。她不知道那人的怀念，但在无限虚无的岁月里，在一个世界和另一个世界间飘游的时光中，她曾无数次地想起那人残忍的虐杀。她也想过，假使大家都认为她已经死了的话，谁会落下最多的眼泪，谁的生活又会因为她的死而发生这样或那样的改变。她想那些会随着时间的推移而逐渐接受她的离去的人，也想那些会因她的死而走上命运的转折点，从此改变了人生轨迹的人。我们每个人的一生中都会遇到这样的事，我们会像台球一样受到打击，然后弹向另一个方向。一次死亡与另一次死亡并不相同。有些死亡会让人痛不欲生，但我们最终都会接受。另一些则是好了一半的伤口，时不时地溃烂，提醒着我们过往从未愈合。这种伤口就像第二次播种的垄沟，试图用对新生命的渴望来缓解土壤秋收的苦痛，用丧失长子的血与泪，浇灌大地母亲悲伤的子宫。

她有时也会回想起——自然是在无意间——她一生中最幸福的时刻之一，这幸福的时刻最终也将她引向了生命的终点。

“你今天很漂亮。”他说。

她笑了。夜幕开始闪耀前所未有的亮光。天空似乎更暗，而星与月更加耀眼。空气中洋溢着季夏与街市的甜美气息。一瞬间，她的世界都改变了。她感觉自己就像童话故事里的公主，被追求的窈窕淑女，整个派对上最美丽的女人。她的感觉并没有错。她确实成了童话故事里的主角，但那童话却不是我们今日所熟知的，为了不把孩童吓坏而改编过的童话，而是那些更原初、更黑暗的版本。她所在的童话，正是为了警醒那些最天真的孩子，告诉他们邪恶存在于世界的每个角落的童话，是那些关于被肢解的淑女、被虐待的女孩和人肉盛宴的故事。

“谢谢。”年轻的玛丽亚羞涩地回答。

她偶尔也会问自己，他是否有过后悔。

[10] 倒影

布鲁娜凝视着镜面。那是她在镜中的另一个自我：活像个浑身惨白、瘦骨嶙峋的幽灵。

她有一种无法抑制的欲望，想要跑去拿相机，捕捉真实的自己。

无论是身为作家的布鲁娜，还是身为摄影家的布鲁娜，对任何人、任何事物第一眼就能看见的部分提不起任何兴趣。她看自己亦是如此。

少顷，相机已经武装在手，她开始追寻我们每个人都拥有的，那难以捉摸的另一个自我，它是肉体不可分割的一部分，如果你看得够仔细，就会发现你想要隐藏的东西。布鲁娜知道两种用摄影捕捉另一个自我的方法：阴影和倒影。就阴影而言，它们不可以是人为制造的影子，必须是自由的，具有个性和力量的光影，是无人刻意干预的、叛逆的影子。倒影也是如此。她的眼睛在商店橱窗的玻璃中寻找被捉住的、没有灵魂的躯壳，在浑浊的水洼表面寻找某片风景的映像，在车窗易碎的无垠中寻找自己空洞的分身，在火车玻璃上寻找旅客半透明的化身，它们用幽灵般的面容将有血肉的本体脸上疲惫的神情演绎到极致。她还被镜子所吸引，同样也被镜子所困扰：那真是个神奇的去处，在那里生活着所有人的替身。镜子魔法般的特性也令她既着迷又害怕：镜子能造出无数的克隆体，克隆体面对面时，它们还会变得越来越小。她痴迷于镜子颠倒世界的能力，也痴迷于镜子在其闪亮的表面（抑或在其外框的底层？）揭露出窥视者的本貌，镜子复制现实的同时，也暗示着现实的秘密。她尤其痴迷于哈哈镜，这些扭曲的镜面有着怪诞艺术家的灵魂，能基于现实创造出令人颇感不安的滑稽形象。镜子蕴含着无限的可能性，但难以用相机捕捉，这种视觉悖论更是让人忍不住为之痴狂，这一点对布鲁娜这样总想走出舒适区、喜欢抽丝剥茧还不撞南墙不回头的人来说更是如此。

身为作家的布鲁娜喜欢探求人性的幽微之处。她有着洞穿本质的天赋，眼神中藏匿着的奇特魅力能帮助她揭示埋藏最深的私隐。有时，她会把这些信息扭曲得面目全非，再加上自己的文饰，编造出一个个可怕的故事，故事中充满了畸形的人物，而这些人物总携带着部分的真实。而在这些故事的最深处，她隐藏了她自己。没有人知道这一点。

在镜子前，她对入睡感到生疏，于是任由自己的目光迷失于另一双眼睛里，迷失在理性世界之外。

[11] 飞蛾

一群群飞蛾悄然而至，以夜与静为掩护。它们很低调，不喜与人纠缠，比起客厅或卧室里温暖的灯泡，它们更爱室外的明光。正因如此，人们才未留意它们铺天盖地地袭来。

飞蛾是矛盾的物种：光对它们有着无可救药的吸引力，但它们是夜行性昆虫；它们的外形与蝴蝶几乎别无二致，但是，人类对其美丽的堂房姊妹有多少喜爱，对它们就有多少排斥、厌恶与唾弃。而且，与其灵巧的血亲不同，飞蛾在追光的流浪之旅中显得十分笨拙，常常在飞行时有所磕碰，给人留下了肢体不协调的印象，仿佛“和谐”一词与它们完全无缘。

飞蛾的本能是如此强大：一旦被光亮迷了眼，什么都无法让它们偏离目标。局外人身上散发出的特殊光芒，虽然其他人几乎看不到，但对它们来说，却像一块无法抗拒的磁石，从很远的地方就发出了致命的吸引。就这样，它们追寻着局外人的足迹来到了潟湖镇，并停留在街道上，没有人注意到二者的关联。

一天夜里，布鲁娜在镇上漫步，居民们早已进入梦乡，远处森林的各种声响和近处日常生活发出的微小杂音点缀了温柔的夜色与敞开的窗扉。她在脑海里分析着日常生活所发出的嘈杂声引发的独特回响，它们的可塑性似乎时弱时强，这似乎取决于是否有光。换言之，日常声响的回音似乎在黑暗中才更加明显。日常生活嘈杂的白噪声给人留下了这样的印象：它们在每块石头上留下脚印，在街道上拍打出音浪，这音浪久久地回响在夜空中，似乎永远凝固在了空气里。

布鲁娜摘下一只扑进自己头发里的飞蛾，小心翼翼地不让它受伤，同时又对它过于丰满的肉体感到轻微的厌恶。它们并不是特别让人恶心的生物，但那粗大的外形却总让人想起它们身为虫子的过往。布鲁娜不住地想，它们的翅膀那么小，身体却那么重，到底是怎么飞起来的呢？她又想到所谓的“熊蜂迷思”，说的是一种名为熊蜂的生物，根据空气动力学原理进行计算，推出的结论是，它们无法在空中飞行，但因为它们自己并不知道这一点，所以照样翱翔于空中。她曾在好奇心的驱使下阅读过许多这方面的资料，所以她知道，七十多年来，各路科学家一直在研究这个问题，用镊子夹住熊蜂反复观察，提出假设，进行论证，试图找到一个符合理论的解释来满足他们对科学与理性的执念，但事实却是如此简单：熊蜂不懂尘世的极限。“也许飞蛾也比我们想象的要更聪明？如果说，它们能战胜地心引力，那么毫无疑问，它们在某种程度上确实算得上是聪明的，哪怕它们和熊蜂一样，因为无知无畏，所以能够飞翔。忽视现实的能力是否也是一种奇异的美德？然而我们却将之斥为反面的典型……看来，人类也应当学习这种难得糊涂的智慧。”她自言自语地说着，突然撞上了好似凭空出现的局外人。

“安托万·马格南和安德烈·圣拉古两位先生提出了熊蜂的空气动力学问题，真是让人晕头转向，百思不得其解呀。您说呢？”

“您怎么知道我……”

“亲爱的，我知道很多事，和您一样。”

“但您不可能知道这件事：我刚才正好在想熊蜂为什么会飞呢！”

“其实，今晚街上有很多飞蛾撞来撞去，让人不住地想起熊蜂迷思，所以我才会用刚才那句话作开场白的。我不是那种搭讪的时候会说‘今天真热啊’的类型。难不成咱俩想到一块儿去了？”男人爽朗的笑声掀起了强力的回响。

“真是奇怪的巧合。我都不知道该怎么接话了……其实，我有点想停止自己的思绪，我有点怕，你好像会读心术……你刚才说的……”

“您害怕别人对你的窥探吗？”

“您真的很奇怪。”

“是吗？怪不得镇子里的人管我叫‘局外人’呢，外乡客总是奇怪的。”

“您知道这个称呼了？”

“想不知道都难。”

“那我能问问吗，您来我们这个僻静又无趣的镇子里做什么呢？”

“我就知道您会问的，您也敢问出口。看来我猜对了。”

“您知道很多事，这件事自然也不例外。所以，您能回答我吗？”

“当然，我认为没有理由不回答您。我在这个世界旅行，充其量只是个过客。我时而去这里，时而去那里。有时候，如果发现了一两个有趣的地方，我也会停留一段时间。”

“我觉得您真话没说全。您真的觉得这个地方有趣吗？是什么东西如此吸引您呢？”

“这一点还是请您告诉我吧。我看您也一直待在这里，从未离开过，您自己似乎也不想离开，哪怕您有时会感到厌倦。我说得对吗？”

“您没有说错，至少没有完全说错。我是觉得这里比其他任何地方住起来都更舒服。我觉得自己属于这里的街道、这里的树林、这里的空气。如果我去了别处，我就不会成为现在的自己，我会成为另一个人，也许和现在很像，但绝对不一样。这里很宁静，是的，但我需要的恰恰是平静与安宁。虽说有时我也会怀念一些东西，但汽车和公交发明出来不正是为了解决这个问题吗？但您绝不是渴求平静之人，您来此处一定是看中了什么别的东西，是我们得天独厚的地理条件？我们树木繁茂的环境？我们的潟湖？还是四周如画的风景？”

“我最喜欢的是那些看不见的东西。看，您多么令人畏惧！您甚至能让一位神明对您倾诉他的秘密，您真是雷霆之女！”

“很有诗意的称谓，可别告诉我您其实是作家。谁告诉了您闪电的事？”

“我不是作家，但我热衷阅读。至于闪电……这有什么可说的呢？我喜欢充满戏剧性与诗意的修辞方式，仅此而已。”

“太巧了。您的直觉准得可怕。小时候，我被雷电劈中过。镇子里的人都知道这件事，所以我才问的。”

“啊，奥秘！命运的奥秘！同一存在空间的居民建立起了如此非凡的关联！”

听罢这番言辞，布鲁娜感到内心传来震颤，好似一次微小的触电。她不确定那是愉悦还是不安，但可以肯定的是，她与这个男人之间存在着某种契合之处，他们似乎能以同样的频率共振。这种困惑让她想要逃离，想要逃到安全的地方，远离这种失控的感觉。

“时间不早了，该上床睡觉了，和您说话很愉快。我想我会很乐意您在我们镇上多待一段时间的。”

“我们很快会再见的，雷霆之女，如果您允许我这么称呼您的话。请保持开放的心，永远不要抗拒那终有一天能为您所用的天赋。最重要的是，请好好利用您迷人的说服力。您的名字中隐藏着美丽的光芒，会吸引某些特殊的存在。”

“比如说，飞蛾？我倒希望它们不要来，这种生物，聚在一起时很重，犯傻时更重。而且，它们很容易缠在我的头发上。我觉得它们有时会忘记自己会飞的事实。如果您想这么叫我，我不会反对的，这个名字太诗意、太美丽，我无法抗拒，但请您私下里再这样做，让它成为我俩之间的秘密吧。这个地方的人绝对不会放过任何一个机会来取笑我，是真的，他们现在已经觉得我足够疯了。不过，这应该不是我个人的问题，我想，任何一个有艺术天赋的人想必都会遇到类似的情况。我们很快会再见的，毕竟，在这种地方，不见才奇怪呢。好好休息吧，希望夜里能凉快些。”

“亲爱的，炎热应该不会影响我休息。祝您做个好梦。也祝您永远不要忘记自己可以飞翔，不要折断自己的翅膀，也不要剪掉所爱之人的羽翼——我知道您不会的。”

他像旧时的绅士一般鞠了一躬，随后消失在了一条狭长的小巷。布鲁娜继续往前走，回味着刚才的相遇。她觉得，这是一次意义尚不明晰的邂逅：令她不安，又叫她愉快，表面上稀松平常，但实际上却不同凡响。她觉得和这个男人相处很舒服，如似故人归，但她又觉得他像个尚未开启的盒子，里面装着非常有趣的东西。她试图为男人说的一些莫名其妙的话找到合理的解释，这样她才能保持镇静。但想想还是说不通，就比如“熊蜂迷思”和“雷霆之女”，他怎么可能事先知道呢？而且，她完全不记得自己和他说过自己的名字。

[12] 在者

在潟湖镇的最高处，你可以俯瞰整个山谷，被一条河流在数百万年间蚀刻而成。近几千年来，河流还见证了潟湖镇的繁荣与发展。起初，这里只是一个小型的狩猎采集者定居点，后来，这里发展出农业与畜牧业，又在战乱、灾难、和平三者的车轮间，见缝插针地取得了许多经济、技术和社会方面的成果。岁月飞逝，滔滔江水如今唯余一汪清泉，水量不大，但却为后世留下了壮美的杰作：百年古树、绿茵草地、遍布松柏与庄稼的山坡。发达的农业与丰茂的植被将河谷变为果园，哺育了山谷的居民，让他们得以自给自足，不必到他乡谋生。

除了河水，还有另一个存在也知晓这一切。他从人类诞生之初就了解此间的历史，他也从未离开过。虽然他的生命没有流水那么悠久，但从人们用赭石和木炭在山谷深处的岩石庇护所里绘制他的魔法的远古时代起，他就一直注视着逝者如斯夫的河流。他从未离开过世界的这个角落，在此间，他为人景仰、爱戴、敬畏。

在者于高处俯视着山谷，他与人类最早的记忆一样古老。在他数千年的生命中，只有唯一的一次，他被渴望所驱使，主动放弃了孤独的生活，与村民们打成一片，冒险组建起一个家庭，一个有期限的家庭。扮演人类、体验七情六欲的代价是无尽的痛苦，这痛苦他在遭受之前是无法想象的，但他从不后悔。除了痛苦，更大的惩罚是永恒的孤独。他正在高处思索往事，大自然突然带来了一份礼物：一只巨大的苍鹰从谷底飞起，贴着山峦扶摇直上，直冲到离他如此近的地方，近得能听见羽毛的沙沙作响。空气被那双雄伟的翅膀搅动，这令他惊讶，又让他从这种惊讶里体察到自身的脆弱。这种感觉才是真正的礼物。上一次体会到脆弱还是好几年前的事，当时，他几乎以为自己要伤心而死，并很快意识到，感到脆弱与成为人类是很相似的，只是他的脆弱一闪而过，而人类从意识到自己生命有限的那一刻起，就会带着这种脆弱感度过余下的每一分钟。他又不可避免地想起亡妻，想起他那段家庭生活的遗存。

他的家庭生活留下的纪念品被安放在镇上公墓中一块非神圣区域，与其间神圣的部分仅有一花岗岩墙之隔。时光与湿气为墙体描上墨绿，一如围墙内唯一一座坟墓旁石凳的色泽。石凳邀人入座，仰观一侧林立的雕像与十字架，俯视另一侧将河谷环绕的断崖。那是一座长满了美丽青苔的坟墓：上面有两个名字、三个日期和一具遗体，遗体被埋在一块又大又重的花岗岩板之下，石板粗糙的表面未经雕刻，立成一块古老的丰碑。墙内的陵园无人看守，因而看起来更像是一个惬意的小小花园。三个日期中，有两个对应着一位女子，她的遗体独自安息，永远等不来她的夫婿。妻子死后，悲痛欲绝的丈夫就此消失，再没人听说过他的消息，连他的子孙也一无所知。因此，墓碑上没有他的死亡日期，最后的刻印只揭示了一个年份：一九八二年。没有人相信他能活到一百零五岁，但假使墓碑上的出生年份准确无误，而他最后一次亲吻妻子冰冷的嘴唇时确实如人们看到的那样神志清醒、没有丝毫老态，那只能得出他当时已经有一百零五岁高龄这一矛盾的结论了。他唯一的儿子没有表示过自己想要葬在哪里，因为他比妻子先走一步，而且死得突然，来不及留下遗嘱。而他的妻子，一个出生在别处，声称信奉天主教的女人，虽然虔诚不足，但还是决定把他安葬在神圣的宗教场所，而且自己死后也葬在了丈夫身边——万一上天堂是真的呢？不过，她还是特意在墙外留出了一块空地，并摆放了一尊天使雕像，天使的手似乎想伸向她的公婆（他们不是基督徒，但她也同样爱他们），此举让墙内墙外在精神上相连：如果他们的灵魂决定回归主的道路，这样或许会容易些。在者并不在意儿媳的这种突然兴起的“宗教狂热”（这种行为对小镇的风貌无伤大雅，镇上确实信仰天主教，但这种信仰与其说是信仰，不如说是一种习惯），他每次到墓园去，也总是无差别地探访墙内墙外两处。他总是在晚上出门扫墓，之所以这样做，是因为他不想被人看见，他想一个人在墓前回忆过往。

失踪三十三年后，人们在小镇的街道上再次看到了在者。他已经筹划了许久，而今是时候行动了。不过，他还需要再等上几天，等待计划的重要一步得以实现。但他还是按捺不住冲动，在他盼望已久的那人到来之前先到此处散了个步，好让自己重新适应这里的人们。

他的目光与匆匆走出客栈的高个子男人的目光撞在一起，他几乎打了个踉跄。

“早上好！”眼前不真切的男子面带神秘的微笑，向他问好，却没有停下脚步。

“早上好。”在者机械地回答道。他还没有做好应对这种情况的准备。幸运的是，这么多年过去了，他也没有失去下意识回应问好的礼仪。

在者的目光追随着那男子，直到他在街角消失。他下定决心要弄清楚眼前这个非人的家伙到底是谁。虽然那人看起来是人类的模样，但就和自己一样，他也是非人的存在，于是他也朝同一个方向跟了上去。

[13] 量子的故事

约翰·阿奇博尔德·惠勒有言：“物质告诉时空如何弯曲，时空告诉物质如何运动。”这一观点看似简单，实则复杂，它能解释宇宙力量的运转法则，也能解释潟湖镇这块画布如何自成一体，又如何为其间居民（包括其四周森林里的居民）提供庇护：在各种力的影响下，各个实体依自己的轨道运行，他们或多或少地受到每种力量的影响（这取决于各种力量的远近与其自身的特性），形成了一个具体而微、井然有序的小型宇宙。一两种扭曲的元素间或攀附于这个宇宙的表面，于是一时间，这个小世界的墙垣便摇晃了起来；而当这些元素被纳入整体或被清除殆尽，宁静就会重新降临。

在者迫切地想知道，像彗星一样坠入他的宇宙的局外人到底是谁。

二十四小时营业的加油站是这个宇宙中的无人区，是行星间的太空站，是既非村镇本身亦非外部世界的中立点。它们存在于世俗之外，存在于生机勃勃的白天和死气沉沉的黑夜之外。它们总是熙熙攘攘，又总是在地图和墨守成规中静眠。此间有他处的法则，让彼此熟悉的人也能保持陌生，在匿名的庇佑下行事：想吃就吃，困极了就睡，穿着皱巴巴的衣服伸展双腿，夏天穿冬衣，冬天穿凉鞋，买冰块去派对狂欢，买避孕套去隐秘处交合，早餐吃咸的，晚餐吃甜的……需要的时候，加油站是视觉上的陪伴，陆地上的灯塔。人们以各种方式来到此处：汽车、摩托车、自行车、步行、匍匐前行……在这个平行宇宙中，没有人彼此相识，没有人看见，没有人指指点点。

在者坐在加油站休息区小卖部前的石凳上等待着，任由远处传来的对话声充斥着感官，他就像往日里做的那样，任由别人的生活在他眼前流淌。他喜欢观察别的地方的人，所以他经常会到某个加油站里坐坐，在那里静观百态人生。他知道，此处会是与客栈门口遇到的那个陌生男子会面的绝佳地点，所以他早已在信箱中留下了一张字条，用他优雅的笔迹邀请男人赴约。

他等了又等，但局外人并没有出现。他看着月亮在天上从一边走到了另一边，于是准备起身离去。刚站起身，他就发现脚边的地板上有个小信封，在好奇心的驱使下打开信封后，他吃了一惊：

切勿浮躁。一切皆有其时，过去如此，往后亦然。

会面的时刻终将到来，我们终将平等相拥，只是不在今日。记住，我们拥有永恒。

在者逐渐消失在加油站外的阴影中，他从水泥的冷灰逐渐走向麦子的橙黄。跨过已经干枯的麦穗，他走到了那台收割机跟前，收割机以其雄伟的身姿傲视着田野。他产生了走近看看的想法，他想被宏伟震撼，想被人造之物触动。然后，他身披夜色，腾空而起，飞向他的家，那是一座位于森林中央的美丽石屋。他消失不见之后，人们都以为那所房子已经上了锁，而今他再度返回，为不引人耳目，他只会短暂地停留。

在他最喜欢的扶手椅上，在妻子的油画前，在者对她倾诉。他本人也无法参透宇宙所有的奥秘，比如，为什么有些人不会完全消失，而有些人却连半点痕迹都不会留下。再没有任何一件事比能够再次见到她更让他痴狂，但目前他还毫无办法，所以只能在没有旁观者的情况下，用独白的方式与她互诉衷肠。他絮絮地诉说着对亡妻的思念，好似她真能听到似的，这样他就不会感到那么孤独。去墓地给家人扫墓也是同样的道理。

莱昂诺尔，我多么想念你。我多想今天你能陪在我身边，这样我就能跟你聊聊那个在村子里闲逛的怪人了。这种话题我也只能跟你，还有我亲爱的阿图罗和拉米罗聊聊罢了。我们四人在家中欢聚的时刻是多么美好。有你在我身边是多么幸福。一切都将和那些美好时光相似，只是这次我们不再是主角。你们都已不在，而我，我……一切都将回归正轨。亲爱的，现在又到了该出手的时候了。守护者们又一次接近了鹿女。鹿女和羽人很快就能团聚。他们很快就会知晓自己的身份与命运。到那时，守护村庄的将不再仅仅是我的双眼，我就能放心地把镇子交给继任之人。到那时，我就能找到通往汝之所在的方法。我必将来到你身边。

[14] 电线上的蛇

“你也知道饿？”年轻人气急败坏地抽打着这条蛇。他的母亲饲养了一只烦人的鸟，鸟叫声让他难以忍受，他就是在鸟笼边上发现了这条蛇。“我真该让你吃了它，这样那鸟就会闭嘴了，但我不想让她哭。她爱我，你这下贱的畜生，你差点伤到她。”说罢，他拽起蛇尾，把这只奄奄一息的动物拖到河边，割开它的嘴角，往里面塞入鹅卵石，塞到那本就微弱的蛇尾抽动彻底消失。天快黑了，街上只有风在吹。他用尽全力将蛇扔向从小巷一侧延伸到另一侧的光缆，只一记投掷就成功地把蛇挂了上去，这让他疯也似的狂笑不止，想停也停不下来。

小女孩想用透明胶带把世界杯吉祥物的图案贴到窗户上，给妹妹一个惊喜。她还太小，不知残酷为何物。她看到一个影子透过玻璃传来不正常的笑声，不禁打了个寒战，然后马上跑去找妈妈告状，大声喊着街上有个坏人。

布鲁娜被一声尖叫惊醒：女孩的尖叫。梦境中如此强烈的记忆，以至于有那么一瞬间，她似乎又变成了一个颤抖着的小女孩，女孩儿第一次遭遇最纯粹的邪恶，那是病态的心智之花结出的非理性的果。她不是因为寒冷而颤抖。突然，她得到了启示。那个影子与被发现的尸体之间必然存在着某种关联。她知道，必须不择手段地揪出罪魁祸首，这样女孩才能安息，她也才能找回平静。

逝去的女孩，此刻正躺在她身边，用她无实体的双臂拥抱了布鲁娜，并感激地亲吻了她的额头。

[15] 眼底的沼泽

有时，当我们遇到意想不到的情况时，大脑会花一些时间来消化它，并在记忆库中寻找参照物，在这几秒钟里，我们会感到世界在微微颤抖，就好像平面上的点失去了坐标系一般。这种感觉被伪装成眩晕感，而当我们确信自己的记忆库中必然存在相应的参照物，但大脑却怎么找也找不到的时候，这种震颤就会换上名为“眩晕感”的伪装，让人头脑发昏，神情恍惚。此时，布鲁娜就遇到了这种情况，当第一次见面的人和她打了招呼，还叫出了她的名字时，她惊呆了。

“布鲁娜？你是布鲁娜吧！对，你就是布鲁娜，我绝对不会认错的。”他的声音阳刚又平和，正好能安抚她这颗不安的心，让她好眠。她从来都无法抗拒这样的声音给她带来的愉悦感受。她困惑地看着他。她认出了那仿佛是从遥远的过去投来的目光。那是一双水一样的眸子，眼底是沼泽，虹膜是漩涡。深邃的目光与平静的声音形成了鲜明的对比。但她叫不出他的名字。

“布鲁娜，是我，阿莱尔！你不记得了吗？我离开这里很多年了，那时候还年轻，正是青春期呢……我可是第一眼就认出你来了！”

“阿莱尔！我说这双眼睛怎么那么熟悉呢！你离开村子的时候几乎还只是个孩子呢，你就是那个眼睛和名字都很奇怪的男孩儿！……你在这里做什么呢？你搬回来了吗？还是说你是来看我的？你父母呢？也在这边？”

“等一等，等一等！别那么急，我们才刚见面呢，这就开始审犯人了？”他的话语中夹杂着俏皮的笑声，布鲁娜突然意识到，眼前男人的笑靥已经深深地烙印在了自己的脑海中。她一直相信这样的观点，即一些十分具体的细节会让一些人永远地停留在另一个人的心中，也正是这些具体的细节让他们变得特别：特定的手势、特别的味道、特殊的表情……这些都能在两人之间搭设起魔法的桥梁。

不知怎的，布鲁娜已然知晓，自己再无法忘记他在弯嘴角之前微微抿起嘴唇的样子，再无法忘记他勾起笑容时颧骨肌肉的特定轨迹。“也就是说，你记得我的眼睛？我可是一点儿都没有忘记你，你知道吗，我当时虽然还是个孩子，但你却是我眼中世界上最美的女人……你比我大几岁，所以可能没有注意到我吧。我当时可是羡慕死那些能待在你身边的大男孩儿了！”

“真是越来越有意思了！你有时间喝杯咖啡，坐下来慢慢聊吗？我的姐妹也会很高兴见到你的。她是村里酒馆的老板。”

“乐意至极。不过，如果你方便的话，我想先邀请你一起散散步，和你单独多待一会儿，顺便去看看那些我好多年没见的地方现在怎么样了。我昨晚才到，几乎什么都还没看呢。”

“好啊，不过在这之前，快和我讲讲你的事吧！你是搬回来了还是只是过来玩？你不在的时候都发生了什么？我听说你们到国外去了？”

他沉默了几秒钟。他不知道该从何说起。尤其是，他必须小心谨慎，不要说出一些让对方难以相信，或需要花时间消化、理解的事。他还不清楚自己是否能够说出他正计划着的惊天秘密，这秘密有关他自己的生活。他不想说漏嘴，透露出自己回到镇上生活是因为他灵魂深处一直藏有归家的渴求，而尽管他已经在国外生活了多年，这种渴求还是强烈地吸引着他回到出生之地。他也不想提到那封用羽毛笔写就的神秘书信。信件直接邮寄到了家中，字体优美、考究，信纸上散发着另一个时空的气息，珍贵的信封包裹着密封的信件，信封上还有一个只有他才能看懂的符号：两只翅膀。正是这个符号让他明白了这封信的重要性，也让他相信了真正的寄件人正是写在信纸上的那位。

他决定用最简单的方式来讲述这个故事：真话不全说，假话全不说。这不是他第一次向旧日的邻友讲述自己的故事，而这正是避免自相矛盾的最好办法。

“是的，我们确实出国了。我父母在处理完祖母的后事之后就决定去往潟湖的那头，并最终留在了那里。他们说，这个小镇已经和他们没有任何联系了。当时，他们的父母都已过世，他们的独生子也带在身边。他们做起了生意，生意做得很好，于是决定在那边永久定居。我从未有过在那片土地上扎根的感觉，我曾不止一次地萌生回国的念头。在开始攻读学位之前，我也想过，但没有勇气。当我完成学业后，我决定回来，但等我把一切都准备停当后，母亲又病倒了。几个月后她康复了，但我又打消了回国的想法。之后，这个念头又出现了，刚好我的工作合同也到期了，正是换个环境的最佳时机，于是我就回来了。我刚刚搬进曾祖父母留给我的房子里。他们把老屋和里面的一切都留给了我，包括他们丰富又海量的图书收藏，我的名字也是他们取的。我对他们没有太深的印象了，他们在我还不满一岁时就匆匆离世。也许你见过他们，虽然那时你也只是个孩子。家里人告诉我，他们执意要管我叫'阿莱尔'。曾祖父毫不妥协，最终，家里人也同意了。这一点我一直以来都知道，但我不知道的是，这栋房子竟然也留给了我，这一点我是成年后才知道的。我的曾祖父母一定是很特别的人，在这样残酷的地方生活，却有如此的教养。我父亲说，这都是曾祖父的功劳，他来自另一个村镇，是他让我的曾祖母爱上了阅读。她充满好奇心，很快就对各种知识产生了兴趣。此外，他们的经济状况还不算糟，所以能腾出大量时间来学习。他们收集了成千上万本书，他们的老宅渐渐也变成了图书馆与博物馆的奇妙融合体。房子里堆满了各种稀奇古怪的玩意，矗立在森林中就像一颗宝石。哪天你一定要过来喝杯咖啡，你会爱上这屋子的。自从曾祖母去世后，房子就封起来了，里面的陈设一切如旧。我也不会大改里面的布局了，我非常喜欢它现在的样子。”

“那我就知道是哪座房子了。虽然从墙外几乎什么也看不到，但能看到的部分就和童话故事里的一模一样！我一直觉得它是镇上最神秘的房子。我也很乐意接受你的邀请……其实，我想去很久了，请尽快邀请我吧！多美的故事啊，我都想拿出笔记本记下来了。请别误会，我只是觉得你说的特别精彩，而且你的身世简直可以写成书了，就是那种讲述家族传奇的史诗性故事，情节都不用动，只消在讲述的时候加入一些创意进行润色就成了。对了，还没和你说呢，我现在是个作家。而且，还养活了自己。”她笑了笑，继续说道，“我写东西，也发表过一些作品，但你也知道，在这个国家，仅靠写作是很难谋生的，所以我还为一家报纸和几个网站撰稿。我也搞摄影，拍文艺摄影，当然也接商单，来钱更快嘛。听了你的故事，我简直要文思泉涌了。”

男人内心暗忖：要是你能了解全部的故事，那或许真的能写本书呢。不过，这本书的结尾还无人知晓。开头呢？会有人知道故事的开头吗？我只知道我的开头，还看不到全局……

“真有意思，我一定要看看你的作品！我记得你那时候总是拿着蜡笔、颜料、书和笔记本到处跑的。”

“看呀，所以还是书和笔记本取得了最终的胜利。不过，我并没有放弃描绘这世界，只是不再用蜡笔和颜料，而是换成了相机。”

“往潟湖那边走怎么样？我很想过去看看。”

“好啊。”

他们朝森林走去，在一棵古树前停下了脚步。这棵树就长在村子的外围，像一座巨大的瞭望塔，守卫着通往葱郁树林的道路。阿莱尔用手指在其中一棵树的树皮上划过一道古老的轨迹。在古老刻痕近旁，还有一枚更新的印记：树皮的伤口还未结痂。

“我记得这个老标志。变化不大，可以看出这棵树生长缓慢。我发现其他东西也几乎没什么变化。”他用儿时学到的恭敬的手势抚摸着古老印记螺旋形的凹纹，“而这个标志就很新，应该是几天前才刻上去的。”

“潟湖镇内，没什么东西会发生大的变化。理应如此。我们仍然坚守着我们的信仰，阿莱尔，你会明白的。”

“布鲁娜，无论我们去哪里，我们的信仰都会如影相随。这片土地呼唤我们回到属于我们的地方。至少，它确实呼唤着我。我们身上流动着先祖的血脉。”

布鲁娜点了点头。她完全同意这一点。

他们躺在湖边继续聊了一会儿。两人都感到一种奇异的惬意，仿佛将他们联系在一起的短暂的过往成了永恒，而多年后的重逢则是命运之约。

“两个人格的相遇，就像两种化学物质的接触一样，只要这种接触引起了任何反应，那么双方便都被改变了。”卡尔·荣格如是说。布鲁娜和阿莱尔相遇并相处了几个小时后，任谁看了他们都会相信荣格所言的。

“我们要不要去喝杯咖啡，我也去跟你姐妹打声招呼？”阿莱尔突然发话，试图摆脱他所感受到的魔咒，“去喝点吧，顺便吃点儿东西。户外的空气闻久了，肚子也饿了。”

重访自己的故乡，再见童年时的友人，这两件事加在一块儿，使他的身体长出了熟悉的刺痛，催促他撑开那对无人知晓——在信封上烫下神秘火漆印的寄件人除外——的羽翼，展翅翱翔。现在时机还不成熟，他还不能完全掌控体内的力量。也许待夜幕低垂，他会往森林里去，趁没人注意时再振翅高飞。

他感到非常不安，于是决定，在做出傻事之前，最好赶紧打破现在这个神奇的时刻。

“走吧，”布鲁娜先站了起来，伸出一只手拉了他一把，“路上我再和你讲讲这么多年来镇子上发生的最大的事件吧！”

“你是指有人发现尸体的事？我来之前上网搜了一下，知道镇子外围发现了人类遗骨。”

“就是我和露西娅发现的。你无法想象我们当时的心情。”

“那太可怕了。新闻只说有人在散步时发现了白骨。”

“新闻应该不在乎是谁发现的吧，但真的有一具这样的尸体，这才是最可怕的。从那天起，我就像着了魔一样。”

“是不是被吓坏了？当时情况如何？”

“发现尸体纯属巧合。我并没有被白骨吓到，只是从那时起，我就无法放下自己的好奇心，我迫切地想要知道那到底是谁的尸骨，想知道背后的故事。很奇怪，我觉得这具尸体与我之间存在着奇妙的联结。不知怎的，查不出死者的身份令我无法忍受，我不愿接受这是一具无名的尸体。我知道这很荒谬，但我确确实实感到难过。”

“希望能尽快查明尸体的身份和死因。为了弄清楚这具尸体生前的身份，也为了你，布鲁娜，请再和我多说一些吧。我很想了解更多案情，很想了解更多镇上其他人的情况，也很想更多地了解你。我能抱抱你吗？”

[16] 拼图

故事并不总是线性的。更准确地说，线性的故事几乎不存在。或者，我们也可以直接下断言：线性的故事并不存在。故事总是由片段串联而成，就像拼图。我们可以将注意力集中在其中一个片段上，只循着这单一的线摸索前行，但如若过程中忘记了其他故事的存在，我们就会对真实发生的事件产生非常偏颇的看法。

阿尔弗雷多·马塔莫罗斯的故事也是某幅拼图的一部分，其中许多块沾满鲜血，而且都有自己的名字：那是所有葬身他手的女子的芳名。

不过，我们说得太多了，还是先按下不表吧。

幸运的是，有一些人的工作就是拼凑出最邪恶的拼图的原貌；虽然找到一块新的碎片，常常意味着很快又会找到新的几名受害者。

“我不喜欢这样，萨拉贝里，她还只是个孩子，这味道很不好闻。”法警队长手里拿着法医报告如是说道，但他并非在和同事说话，反而是在放声思考：“一个十几岁的孩子，被抛尸在荒郊野岭？真是惨无人道。到处都充满着奸杀的味道。真希望是我多心了，这只是一起不幸的意外。但我的嗅觉和经验告诉我，这起事件没那么简单，背后肯定十分、万分不堪！我调查这类案件已经很多年了，但还是第一次碰到年代如此久远的尸体。”

“确实可疑。这里看上去并不是散步会去的地方，所以尸体出现在这里总让人觉得并非偶然。不过，已经过去那么久了，周围环境发生过重大变化不无可能。还原现场恐怕没那么简单。也许这里从前确实是必经之地呢？总之，还需进行详尽的调查，但我同意你的看法，其中必有蹊跷。”

“没错，现场环境可能的变化也是必须考虑的因素。噢，对了，最先发现的几块骨头鉴定报告已经出来了。目前搜查还在继续。据当地人称，这条溪水的流量一直都不大，不过就算如此，还是存在溪流已经冲走部分遗骸的可能性，而且，这么多年过去了，找到更多遗骨的可能性只会更小。唯一值得庆幸的是，头骨和盆骨这两块骨头能提供不少信息。报告上说，从骨盆的状况能够判断出死者是一名女性，从那个什么东西的闭合情况看，死者至少有十三四岁，还有这个。”他指着报告继续说，“从这个，耻骨联合面类……似蜂窝状，延续至耻骨结节的……嵴明显……妈的，这都什么鸟语！”戈列罗生气的时候，胡子总是会抖起来，“反正就是说，有一系列的证据显示，死者的年龄最多也就是十六七岁。所以说了那么多，其实结论就是：死者是一名十三至十七岁的女性。报告后面还说到，在对与头骨一起取出的砂质土块的筛查中，发现了一枚闪电形状的塑料耳环，这种饰品的样式似乎也很符合受害者的年龄，当然，这不能算决定性的证据，还得靠骨检结果才行，不过，任何信息都会有帮助的。恐怕我们还得庆幸，塑料的降解时间竟然那么长。真是讽刺啊，我们的星球危在旦夕，唯有塑料长存！针对这部分土块的筛查工作还在继续，且看还能不能发现些什么吧。不过也不能干等着，还要马上开始调查周边村镇的失踪案件，就从潟湖镇的开始。目前还不确定需要往前追诉多久，但这样的镇子里，想来失踪案件也不多，而且肯定会给所有居民都留下印象。你去和当地警署的指挥官接洽一下，看能否组织一次对该地区全区的调查，有关部门、街坊邻里、医疗中心、宗教团体、街头商贩……大规模调查总能找到突破口的，尤其是这样的小地方，一个小女孩的失踪事件不会那么容易被遗忘，时间过去再久都是如此。哦对，这份报告复印件你拿着看吧。”

“好的，长官，我马上去联系。同时我这边也再派几名同事去附近走访一下，再跟进一下电脑扫描的事。总之先行动起来，看看结果吧。”女人从戈列罗手中接过报告。

“尽快给我结果，萨拉贝里。我会抓住一切机会让事件水落石出的。我实在不能容忍这件事就这样被遗忘。如果法医那边有新进展的话，我会尽快让你知道的。报告认为，遗骨很可能已经有二十多年的历史了，但这一点我会先瞒下来，免得上头轻视这个案子，或者把它往后排。毕竟，总会有新的案子的，事件总是源源不断地发生。我的直觉从来没错过。而现在，我有了很不好的预感。连环杀手是不会轻易停手的。”

[17] 水晶花之骨

在日本和中国阴冷潮湿的树林里和为数不多的其他几个产区，野生的花朵悄然绽放。这是一种奇怪的花朵，形状酷似溪流岸边女孩的骨骼。每当它被打湿，花瓣上的白色就会消失，变为透明，叶脉与肌理就会分毫毕现，看起来就像花朵的骨架。因此，它也被称为“骨架花”或“水晶花”。当花瓣干透，颜色就会重新显现，植株也会恢复为原来的样子。

逝去的女孩也如南部山荷叶一般变得透明。随着时间的流逝，她的肉体逐渐溶解，最后只剩下骨头和灵魂，在被警察发现之前一直不肯离去。

多年来，等待是她唯一能做的事。她等待着那一刻，并寄希望于在那之前，野兽在她身上所留下的一切痕迹都能得以保留。她留在大地上的痕迹几乎已被抹除干净，等待与期盼成了她还徘徊在人世间的唯一原因。

她觉得那些骨头不再属于自己：对肉体的眷恋已随死亡同去。那堆白骨对现在的她而言，成了唯一让世人知晓真相的机会。因此，看到自己的尸骨占据的空间越来越小，看到骨骼散了架，分崩离析，她很着急。然而，除了等待，她别无办法，只得紧紧抓住最难以磨灭的那部分头骨不放，直等得杂草霸占了颅骨，从空洞的眼眶中溢出，直等得被打掉的牙齿组成一个永恒的微笑。

但有人发现了她的尸骨，于是一切都改变了。她听见有人在交谈。这些人来到这里，小心翼翼地收集着散布在草地与河床间的，她遗骸的每一块碎片。她感到自己的身体被盖了起来：那是专家们的指示，他们将用现代技术，用残骨还原出她的肉身，让碎片倾吐出完整的故事。她好奇地看着搜查专员们在地图上的标注，他们用各种型号的相机拍摄每一块发现的遗骨，用小刷子仔细地扫除其上黏附的土块，轻轻地装进透明小袋密封，再贴上记录着详细信息的标签。这些人甚至连泥土都要带回去进行进一步的筛查。她知道，这一天终于来了，自己的尸骨终于得到了妥善安置。于是，她决定放手。她感到自由，觉得已经可以离开这块庇护了她如此之久的安息之地。但她并不想就此一走了之。在出发去探索广阔的彼界之前，她还想亲眼看到野兽被缉拿归案。于是，她决定先跟着这个发现她骸骨的女人。女孩知道，这女人必能听见她的絮语，因为她曾跨过死亡之门，又安然返还：她与众人不同，她的世界之门半掩半开。她飘到女人身边，攥紧了她的手，在她毫无察觉的情况下，跟她回了家。

[18] 当故事成真

在者从未体验过爱情。他甚至从未费心给自己取一个尘世的名字，这是因为他觉得实在没必要在人前明确地定义自己。但就是这样的一个存在，而今却因一名尘世的女子而感到脆弱，体会到了内心的柔软。女人索居避世，喜欢独处，她的秘密基地是一块空地，其上正对那座高台——在者常常在那上面眺望河谷、小镇与群山之巅。

起初，他对她只是有些好奇，觉得她异于常人，但随着时间的推移，他逐渐发现，自己越来越期待她到来的那一刻。若是她没来，他就迫切地想要寻找她，看到她，哪怕片刻也好，哪怕只能在远处，隔着镇上喧闹的几重街。

一天，从未与任何人类有过实际接触的他，突然被一种从未有过的渴求攫住了灵魂，他很困惑，但还是遵循了渴望，从高处下来看她，他隐藏了双翼，但依然光彩照人，宛如天神。这位名叫莱昂诺尔的女子心头一惊，立刻准备溜走，但她表面上仍不动声色，丝毫没有露出慌张表情。这么做是想避免是非：要是自己走得急了，反而勾起了男人的征服欲，再被他追上、拦住，那自己就真的想逃也逃不了了。一个女人独自在树林里，再加上一个陌生的男人，这绝非令人安心的组合。女人虽仍保留着一丝天真，但也不至于连这一点都看不出来。她知道男人的性冲动是危险的，母亲给她读的识字课本上说过这件事。

“下午好。”她边说边站起来，下意识地抚平了裙子上的皱褶。

然后，在者做了一件他从未做过的事情——他开口说话了。他自己也吓了一跳，因为此前他从未在自己口中说过人类的言语。

“别走。”

许是因为他声音里藏着一丝渴求，许是因为他的美貌令她神魂颠倒，许是因为他长得很像她经常梦见的羽人（梦里的她头戴美轮美奂的鹿角），又或许是因为这个女孩总是热爱冒险……总之，她到底没有因为陌生男人在这个荒无人烟的地方提出的这个如此不寻常的要求而心生警惕，也没有因此慌忙跑开，而是重新坐了下来。

“为什么让我别走？”

“我不知道，”他答道，“我解释不清，但我……需要了解你。对，需要，我打从心底这样想。”

不知怎的，她的双腿不再紧绷，而是放松了下来。她早已习惯这世界的庸俗，落于俗套的人炮制淡而无味的八股；而她咀嚼着男人的话，尝到的却是诗的雅音与小说的兴味。她通过阅读逃离这个世界，男人的这番话仿佛就出自她最爱看的那些故事中的某位角色之口。

“随便和我讲点什么吧，”她说，“让我看看你这人是否值得深交。”

于是，男人告诉了她一些举足轻重的事，一些此前从未有人告诉过她的事，那是一些生动的细节，让灰白的世界有了色彩：蜜蜂并排卧于花粉的床榻，静眠花蕊之间；蜻蜓什么都知道，一旦被发现这一点，便会紧盯着你的眼……

她告诉了他一种未知的魔法，能让牛奶变成酸奶，让大麦变成啤酒，让面粉变成面团。她还在两人越靠越近时，无意间教会了他男女之别。

第二天，两人不约而同地在邂逅处再聚首。

就这样，两人逐渐彼此熟识。几个月过去，一见钟情的两人终于确定了彼此的心意。

而后，这一天终于到来：他们的身体再也无法保持沉默。

两人都很害怕。但她就在那里，而他只能爱她，用他的种子播种她如此渴求的身体，暂时扮演一个男子、一个凡人。哪怕这游戏终会让他痛苦不堪。

她发现了他的翅膀，他不得不将所了解的关于自己的一切和盘托出。

事已至此，他是谁她已经不在乎。若自己注定成为这个未解之人的妻子，那她自会坦然接受命运，无论地狱、天堂。她只要求他隐藏好身份，扮作一个寻常男子（为了她，也为了这世界的其他人），要求他不要强迫自己放弃人类的身份和世间的一切。

他们一起为他取了一个名字，编造了一段人生。

他们结了婚。

他们有了一个儿子，身为人类的儿子。

这就是有关“生卒年份不全的墓碑”与“失踪的曾祖父”的故事的真相。

[19] 诗如流星

迷雾身后，是罪与故事。一只壁虎爬遍屋子的外墙，在石块里寻找残存的温暖。一只猫于阴暗处匍匐——为了不让人看见自己，它化为了影——但捕猎的动作仍划破了空气，惊起群鸟的叫声。他不明白让他出发去寻找她的那种冲动，和让她发现他狂野而沉默的灵魂的那种本能，来自同一个地方；他不知道不同的面孔背后是同一种实存，被踏入的不同世界其实同时在发生。

迷雾身后，一个故事在一天后成熟。故事有关生命，生命被隐藏在潮湿与阴郁永栖的伤心之所。这故事几乎无人能懂，除了像她这样的猫和像她这样的女人，她们能吞下他者的悲伤，再吐出光芒，而这光亮她自己永远无法看见，除非被倒映在他者眼中。

那想象中的，将欢乐化为惊恐的利剑，她能连根拔除，但这种能力也有其代价：她总是感到痛苦，自己的痛苦，别人的痛苦。拔除利剑的代价是高昂的，但更难做到的是让人们接受这一条款：在协约生效前，必得自己愿意放手让宝剑消失。令人吃惊，不是吗？人类是如此害怕变化，如此渴望稳定，哪怕这种稳定如万蚁噬心。

布鲁娜写个不停，带着愤怒、决心与狂野：在梦中撕咬恐惧时的那种愤怒，孤身在暗中穿越森林的那种决心，以兽的渴望献出自己的那种狂野。她在键盘上快速敲动，倾倒出内心的文字，速度之快让理智来不及介入。这些未受沾染的文字慰藉她的心——那是她全身上下唯一怯懦的地方。

有时，她会把自己和她笔下的人物、创作的故事情节混为一谈，以至于难以分清什么是真实发生的，什么又是虚构的，是她肺腑里撕扯出的一部分。因此，她有时会在写作时哭泣，有时又不敢哭泣，以免迷失真实的自己。在与自己的存在进行旷日持久的战争中，她终于败下阵来，于是转而将表达欲转向图像世界，无休止地用相机找寻那些人眼在没有帮助的情况下看不见的东西。最终，她发展到在照片中肢解自己，在摄影艺术中自我惩罚，这并不奇怪：她是把自己分割成无数碎片，把每一块都变成了去语境的、无意义的客体，最终在整个躯体的“伪装出的非人化状态”下得到真正的休息。这个过程并不简单，但却是艺术宣泄后重建平衡的必历过程。

现在是凌晨三点，蝉翼般的窗帘正汹涌地翻滚，和着窗外肆虐的暴风。她嗅到了雨的湿气，感觉到电流让她的毛发竖起。电流从她的后背流至颈脖，头发也随之耸立。那电能嗡嗡作响的声音使她迫切地想要奔跑，想要攀登，想要飞翔。她拿起一张纸，开始书写。夏夜是纯粹的诗。肌肤是一张白纸。她的血是笔墨。夜风是祝福。

骨头的疼痛，

深如无知觉地吞噬他人恐惧的快感——

那人对行为与后果毫无知觉。

而此刻，心底的风暴也在抽枝生长。

一副獠牙，尖而大，

撕裂理智与肌肤，

让红色的肌肉、红色的纤维赤裸。

红色还在跳动。

痛他者之痛。

“我抚摸你的头发。”她说。

然后逃离，

但仍渴着爱，患着痴与癫。

她总是逃避，

因为无人知晓自己也是一头野兽，

被无形的线紧牵，

却被故事里才有的那种真爱驯服。

只因她在真实里，也在想象中，

因她能在他者的梦境里穿梭：

她若敲门，无人不应，

无人不呈上自己的悲伤作为款待的酒。

她舔舐伤口，

以猫的舌头抹匀疗愈的唾液。

赤裸时，

她渺小而无限，

如同眼底深处那宇宙的惊鸿一瞥。

她的双眼，

恫吓那些无法直视深渊之美的灵魂。

那是隐秘的欲望，

近得叫人如此害怕。

[20] 拾骨者

森林长满黄色与绿色苔藓的时节，拾骨者会每天都出门散步。一年中的其他时候，他也会漫步于森林，但不像这几个月里走得那么频繁：他很喜欢这时节的天气。他知道，从某些层面来讲，秋雨是他寻找藏品时的最佳盟友：秋雨在溪流中形成的阵阵洪水，为他的小篮子提供了源源不断的蘑菇，还有森林里各种动物的骨骸。他的收藏之旅已经延续了很多年，所获也十分可观，他会将它们逐一洗净，拼接，而后小心翼翼地按顺序（根据物件的美观程度或他自己的好恶）陈列于展柜与展架之上。他一直以来的梦想，是一块一块地拼凑出一副完整的骨架，但大自然对他并不算慷慨，没有暗中帮助他完成心愿：他经常找到同类型的骨头。但他并不气馁，而是将能找到的都聚在一起，从中挑选出那些大致能拼起来的部分单独放到一边，等积攒够一定数量之后再开始尝试将它们拼接为一个整体。那些部位和大小雷同的骨块，都被他断然排斥在“骨架拼图”的游戏之外。他会把这些重复的部分用在另一个更富创造性的游戏中，即“奇幻动物”游戏，指的是把不同动物的骨头残片拼接在一起，创造出自然界中不可能存在的新物种。被拼凑出的存在令人不安，极具超现实主义色彩，而要想完成这样一具“精美的遗体”，除了需要材料和审美之外，还需要“运气”这位大艺术家的联名，这样的作品绝对能让爱好奇异与阴险之物的人大饱眼福。在创作完成后，拾骨者会用铅笔在纸上为拼出的奇幻动物描绘身躯与外皮，幻想着他的草图能够栩栩如生。同时他也会暗自感慨，在这个时代，“科学之梦”已非普通人所能及，他遗憾自己不能凭借电力或炼金术让他的奇幻动物复生。

他家门口的两个国民警卫队警员简直就像电视剧或电影里的人物。拾骨者对刑侦题材的连续剧颇有些兴趣，所以，当两位警员来到他家门口，说想就最近轰动全镇的那件事问他几个问题后，他当即决定要请他们留下喝杯咖啡。

他生性孤僻，不愿与人打交道，但他也不会放弃坐在自己家中就能免费体验一集犯罪现场调查的天赐良机。

“请坐，咖啡马上就好，诸位看起来很累，不妨喝杯咖啡慢慢问吧。诸位想问些什么呢？我其实已经能猜到，要问的问题应该和我本人无关，因为据我所知，除非是我无意中做了什么不得了的事，否则国民警卫队应该是不会对我感兴趣的，我的生活太平淡了。”

“非常感谢，实话说，跑了一天了，能喝杯咖啡真的很好。”其中一个男人拿出了笔记本和笔，他的同伴拿出了录音机。

“诸位的待遇那么差吗？怎么还在用那么老派的笔录方式？当局没有给诸位配电脑或者平板吗？”

“是我个人信不过那些玩意。纸和笔从来不会出意外。我更喜欢事后再转录到电脑上去。”

另一位调查员此时已经走遍了大半个村镇，所以表现得并不那么友好，脸上也更显疲态。他直接切入了话题：

“那我们就不多闲聊，直接开始了。几位女士在镇子外围一块少有人去的地方——几乎是在野地里了——发现了一些人类遗骨。这件事想必您已经知道了，因为这段时间镇子里一直传得沸沸扬扬的，虽然还没有上新闻，但事情应该几乎都已经传开了。话说回来，我们认为这些遗骸年代相当久远，法医仍在努力从遗骨中寻找更多线索，以便尽可能得到更精确的死亡时间。自然了，我们这边想请您对案件的细节严格保密，我们不希望媒体过早地报道案件细节，这样会妨碍调查工作，不过，现在这个时代，想让媒体一无所知几乎不太可能。不过，考虑到死者可能是镇上居民，大家作为街坊邻居想多知道一些细节也是情有可原的，而且我们也不想有人因知情太少不愿透露信息，从而影响调查进度。毕竟，在这样的小地方，街坊邻里都算是半个亲人吧？好，回归正题：理论上看，这些骸骨应该属于一位十三到十七岁的年轻姑娘，她可能死于二十年或更久之前。您是否记得这些年间发生过哪些失踪事件？记录在案的失踪事件没有任何一桩能对得上号，所以死者可能是自愿离开的，不过也有可能死者并非本地人，所以如果您能想到其他地方的失踪案也可以和我们说。”

“很抱歉，先生们，我确实在这里出生，但很小的时候我父母就带我一起搬走了，几年前我在这里找到了工作，所以才又搬回来。也就是说，我对回来之前的事情几乎一无所知，而且我这个人也不擅长交际，邻居们有什么话也基本不会和我说的。除了散步、购物时偶尔遇到会出于礼貌打声招呼之外，我几乎不与任何人交流。我唯一可以告诉您的是，从我搬过来到现在的这段时间里，我还没有听过有谁失踪。”

“那您就帮不上我们什么忙了。我们还是继续去走访吧。非常感谢您的咖啡，如果有新线索的话请给我们打电话。”

警察们向门口走去，正要开门离去时，拾骨者的一句话把他们拦在了原地。

“等等，我突然想起来一件事。请再坐几分钟，我要去车库找一些诸位可能感兴趣的东西，希望我不会花太久。想喝咖啡的话就请自便吧。”

警员们的来访勾起了他对几天前一个奇怪梦境的回忆。

黑暗与虚无。一个声音激起了其他感官，又被虚无打破。视觉和嗅觉被唤醒。“梦，一切都是梦。”他在梦中自言自语，但又怎么也不能相信梦境的虚幻。这个梦是如此生动，如此强烈……

“森林……她是火……她是树枝和鹿。

“她知道……她知道我的尸骨长眠何方。

“她必须去找安娜，要让她去找安娜，安娜守护着我的话语。”

说话的是一名十余岁的少女，野花被她拿在手上，插在头发里。她面容模糊，肤色惨白，头发乌黑。她身上能闻见潮湿与新绿的气息，还有一缕花香：花朵点缀着她的身体，似乎已成为其存在的一部分。

他不知道女孩是否在笑，因为看不见她的嘴，但他感到了她的笑靥。然后，一切开始溶解，直至消失。再然后，拾骨者睁开了他那双令人不安的、奇异的眼。那是通往他内心之谜的窗扉，也是拒人千里之外的牖户，世人对他圈地自守的心而言，是如此无聊，而那女孩，他却再也找她不见。这一切都是梦，肯定是的，但自己的房间里，为何却留有春雨时节森林的气息？

他回忆着这个清晰而强烈的梦，脑子里的某根弦突然咯噔一下响了起来，他于是联想到了那件事，自己长久以来的癖好，习焉不察，乃至忽略了可能的关联……

他希望是自己弄错了，希望两位探员在看到自己要给他们看的东西之后爆发出嘲笑声，把他只当作一个疯子：拾骨者不在意这些事，他现在只想知道事情的真相。

许久以前，在他收藏生涯的早期（那会儿，他在乡野间收集散落骨片的爱好刚养成没几年），他曾碰到过令人不寒而栗的东西：几块狭长的骨条，部分已经支离破碎，在他看来简直与人骨无异。在这些骨头附近，他还发现了一段连着肋骨的脊柱。当时，他的解剖学知识还很有限，而且他此前也只见过寥寥几片狐狸或绵羊的头骨残骸和一些小型动物的骨盆，没有见过这样大的脊柱形骨块。在翻阅了镇上图书馆里为数不多的几本关于人类和动物解剖学的书籍，粗略地对比了实物和图片之后，他不求甚解地下了论断，认为他找到的定是鹿或其他体格相当的动物的脊椎，而周围散落的其他几块椎骨、几颗牙齿（实际上属于某种大型食草动物）、几片碎骨头和他不知道名称的骨头也一定是同一头动物的遗骨。他把找到的骨头都放进了一个盒子里，想日后再做进一步的研究。但最后，这个盒子被封存在了车库中，封存在其他许多个盒子之下：它被埋葬、被遗忘，连同他发现它们时所受的那份惊吓一起。

探员关于逝去女孩的一番话激活了他的记忆碎片。“万一那是……”他忍不住地想。

他在车库中翻箱倒柜，心绪无比激动，宛如一个想揭开谜底又害怕真相的人。谜题正将他吞噬。他的心怦怦直跳，盖住了盒子被他的双手搬动时发出的磕碰声，也盖住了因网被撕碎而在他身上乱窜的蜘蛛群歇斯底里的窸窣。

屋主抱着一个大盒子回来时，其中一名警员正从咖啡壶里往外倒咖啡。他刚在桌上把盒子放下，另一名警员就赶忙上前去打开了盒子。他看清楚里面放着的东西后，不禁大吃一惊，当即喊道：

“天哪，马尔克斯，赶紧过来。要是我没看错的话，这几块看起来很像人类的手骨：这块是肱骨，长的可能是尺骨或桡骨，还有一些骨头的碎块，其中可能混有部分动物的残骸。我们没戴手套，所以最好先别碰，就这么原封不动地把盒子一起交给法医吧。拜赞先生，我们要请您说说这些东西具体是在什么地点找到的，您还记得吗？”

“当然！一切都好像是昨天发生的一样……当时我非常害怕，以为是人的骨头，但后来又觉得可能是鹿的或者狍子的。我一直留着它们，想着也许有一天可以弄清楚到底是哪种动物的骨骼，或者把它们和我收集的其他骨片一起拼凑成一副新的骨架，但可能是因为太害怕了吧，我后来就把这事忘了，直到刚才听诸位谈起我才意识到这些骨头可能和凶案有关。诸位想看看我拼出来的东西吗？我还没有拼出一个完整的，但就像拼图一样，我总在不断完善……诸位真的认为这些是人类的骨头吗？ 这些年来我的车库里一直放着一具尸体？啊，我有些喘不上气了……倒不是说我害怕死人，只是这事有点太不可思议了。”

“请先坐下，我去给您倒杯水。别担心，我们会带这些骨头去化验的，到时候就知道是不是人类的骨骼了。我个人是觉得可能性很大。”马尔克斯说着，起身去给拜赞倒水，“您能带我们去发现尸骨的地方吗？可能要等明天了，现在天快黑了。”

“那请诸位明早来接我吧，我在这儿恭候。请记得穿上靴子，那地方有很多荆棘藤和灌木丛。”

“好了，冈萨雷斯，我们走吧。先回去把这个拿给警长看，之后再看看今天还来不来得及送去解剖室。再次感谢，拜赞先生，您提供的线索很可能是破案的关键。”

“抱歉，我想问一下，如果发现确实是人类的尸体，那我会受牵连吗？我需不需要找律师或寻求其他法律援助？”

“别担心，”马尔克斯回答道，“您暂时什么都不用做。首先要看它们是不是真的是人类的骨头。而且时间紧迫，我们最好明天就去发现地看看。如果您说的都是真的，那我想应该是不会对您本人提出任何指控的，目前也没有任何证据能让我们怀疑到您头上。我们明天早上九点左右到，先告辞了。”

“您留步，我们自己出去就可以。快开门啊，这盒东西太重了，我胳膊都快麻了。”

拾骨者并没猜错，他的收集品中确实有那个女孩的尸骨。

多年前，女孩用猫一样的眼睛看着他，看他不无怜爱地用布将她的尸骨包好，带走。她不想和他同去，因为就在那里，就在同一处，还藏着太多她身体的碎块。她盼望着，盼望着那人终有一天会再度迈着他那奇特的、柔软的步子重访此地，盼望着到那时，他不会只身前来，而是带着警察一起来找寻她的全部尸身。但女孩的盼望直到多年以后才得以实现：拾骨者带着警察来了，而女孩早已离开。

[21] 支离破碎的女孩

女孩玛丽亚支离破碎地躺在冰冷的铁桌上。她的骨头很干净，无需洗涤剂或沸水清洗，也无需经受实验室里“地狱的高汤”的摧残（那是不久前在实验室里流行起来的某种化合剂，用来清除骨架上残留的人体组织）。这一次，甚至连坩埚都不必从灰亮的托架上取下，一把软刷和一杯清水就足以让它们显现出太阳在其上留下的温润光泽。它们白得如此美丽，但也诉说着可怕的故事。

法医打了个冷战。他习惯了解剖室的寒冷，却不习惯工作时被一双无形的眼睛盯着的感觉。女孩此前确实造访了解剖室，她去那里找寻自己的遗骨——她还是第一次看见它们聚在一起的模样。她深情地凝视着她不完整的尸骨拼图，一滴无形的泪滑落，然后别过脸去，不愿再多看一眼。这么多年来，她一直不愿放手，好似她紧守的目光能延缓这些碎片的老化似的；但现在，已经没有必要再紧抓不放了，它们终于被送到了属于它们的地方，终于有机会说出它们能说出的往事。骰子已经落地，她已经打出了悲伤的纸牌，已做了一切能做的事。她不想再做那个不完整的骷髅了。尽管还有许多事等着她去做，但现在的她，确实已经迈出了永恒安息的第一步。

就像来时一样，她悄无声息地离开了解剖间，动作轻柔。只有一阵风拂过，轻轻扬起法医已经稀疏的头发，权且当作告别。她知道，这个男人一定能守住她的回忆。

她一离去，房间里又恢复了往日那种死亡的平静。男人颇感奇怪。他仿佛听见这具已有三十年历史的遗骨开口对自己说话：他已从业三十载，而今突然开始相信这些怪力乱神之事，不也很黑色幽默吗？他突然意识到这时间上的巧合，于是自言自语道："甚至，是否有这样一种可能，即我三十年前第一次接触尸体的那一刻起，死在别处的她就已选中了我，让我来对她遗体的命运负责？"数十年里，他养成了在内心深处与自我对话的职业习惯，以此来抵御他的“工作伙伴”们冰冷的沉默。他总是试图与死者保持距离，将他们视为纯粹的研究对象，而不是那些进入解剖室之前，也曾有过笑与泪，走过春与秋，体验过爱与恨，有着欲望与痛苦，受人爱戴与景仰的，活生生的人。然而这一次，他无论如何也无法静下心来工作。他不停地想着这个少女，想她到底是个什么样的人，她短暂的人生里是否品尝过幸福的滋味，而她死时又经历了多少痛苦。

几天后，国民警卫队派出所中，萨拉贝里正在阅读拾骨者上交的那部分骨骼的法医报告。她脸上充满着愤怒，这是她多年来目睹了无数类似可怖事件后难以磨灭的痕迹。

戈列罗走进办公室，砰的一声关上了门。

“来，和我讲讲吧，萨拉贝里！我们是不是猜对了？我的嗅觉在这种案子上从不失灵。哎，这可真不是什么值得炫耀的天赋，老天爷赏饭吃，但赏的却是这样一口饭……但没办法，该吃还是得吃，而且这种天赋有时也挺管用的。”

“的确，头儿，我们猜对了。报告里说，这些骨头和第一批骨头属于同一具尸体。其实，拜赞说出是在哪里发现这些骨头的时候，我们就心中有数了。两批骨头要不是同一个人，那才奇怪呢！不过，谁知道呢？我们也确实从这次调查中学了些东西，那就是掠食动物的心是一片荒地，我们确实很难完全看透它们的思想。我继续说：报告显示，第二批样本中还检测出了狍子和松鼠的骨头，可以推断，发现遗骸的土地曾经有过一次小幅下沉，之后，顺溪流而下的大部分杂物就都淤积在了那里。在对新一批骨骼进行分类后，我们整理出了几乎完整的肱骨、桡骨、尺骨，还有部分手骨。报告认为，在考虑了动物足迹和风化作用后，依然有足够理由认为骨骼上的裂痕是死者生前被人为折断的。这些裂纹呈现出强奸事件中双手被固定的受害者身上典型的骨裂特征，其中还包括一处螺旋形裂纹，这只能是有人用很大的力量扭动女孩的手臂才能造成的。从裂纹形状和它没有相对位移、没有愈合痕迹来看，这条裂纹显然是在死亡当场造成的。虽然细节还需要进一步确认，但简言之，这无疑是一起暴力谋杀案。而且，在我看来，它具有奸杀案的所有特征。坏消息是，法医说尸骨已经颇有些年代了，很有可能已经过了追诉实效。实际上，尸骨的历史可能已经超过了二十年。所以即使我们确定了死者身份并找出了罪犯，他或许也不会受到任何惩罚。"

"天杀的！"警长猛地一拳砸在桌子上，把上面的东西都震了起来，"我不会让这事不了了之的！萨拉贝里，你觉得呢？这些狗屁文书工作我们先想办法推迟几天吧，看看能不能再争取多一些时间，找出更多的线索。我很希望是我多心了，但强奸这种罪往往是有一就有二的。而一旦凶手之后还打算再犯事的话，那这具尸体就是一条不能放手的线索，到时候……你知道该怎么做吧？"

"当然！头儿，我明白的。你也知道，我一想到那浑蛋奸杀了一个那么小的小女孩，就觉得无比恶心！"

[22] 未名

未名总是能知人所不知，见人所未见，感人所不能感，还能预料到尚未发生之事。所有这一切，都是无心插柳柳成荫，她既没有强求，也没有刻意训练自己的能力。所有一切都是本能。

她几乎从未对任何人说起过自己特异的天赋，她无意摆脱它们，也没试过将它们嚼碎、消化、给自己营养，更没有把它们倾吐给别人听。她就这样与自己的能力共存，就像一个人与一只手、一条腿或一颗痴情的心共存一样，任其生长，不会过多地在意，以免打破生命其他部分的和谐。

但自从与那个男人相遇后，一切都变得更加真实可感。她开始对自己的天赋有了更多的兴趣。她只与局外人对谈过一次，但只一次就足以让她轻而易举地理解了某些此前如影相随但自己一直无法理解的事（她也无法解释，为什么在此之前自己一直无法接受并享受自己的天赋）。与一个能在如此深层次上理解她的人交谈的感觉是如此美妙，以至于回忆起来都让她心潮澎湃。其实，布鲁娜也一直陪伴着她，从未怀疑过她的能力，也一直尊重她的天赋，但是在深入了解他人的奥秘之前，布鲁娜还得先认识并理解自身的奥秘才行。而这个男人，似乎对一切都很有把握……

你永远猜不到下一个和自己在湖边聊天的人会是谁。

“您也注意到了，对吧？事情从来不会像表面上那么平静，即使表层水波不兴，其下也可能暗流汹涌。”局外人悄无声息地走近，以至于未名很难分清，她究竟是更惊讶于有人能如此轻而易举地避开她的耳目来到近旁，还是更惊讶于听到一个如此简单却对她来说充满深意的哲学拷问。此外，男人就这样突兀地开启了话头，甚至连一声招呼都没打。

“我不知道您在说什么，请恕我无法回答。”

“您再清楚不过了。这个地方让您感到不安，您感觉它的深处隐藏着些什么，这一点我从您的表情就能看出来。在内心深处，这种第六感人人都有，但在大多数人身上，随着年龄的增长，这种感知却会渐渐麻木。人类的历史也是如此，成百上千年来，人类越来越不愿相信那些科学无法证实的事情，逐渐滑入了没有信仰的怀疑主义的泥潭。而我坚信，正是这种第六感让人类在历史早期战胜了大自然中的种种危险。如果我们都能开启感知之门，那生活将变得多么简单！但很幸运——噢，伟大的命运女神！——在一些地方，譬如此处，人类，尤其是像您这样的人，还没有失去所有感知。”

未名一时语塞。她还没准备好从一个陌生人口中听到如此高深之语。

“你是那种试图用冥想、熏香、奇怪的祷告之类的东西来开导别人的‘精神导师’吗？”

“不，当然不是，我只是个出来散步的新邻居。但我也有点像您，我也能察觉到某些东西。请仔细看看我吧。”

未名默默地看着他。忽然，她似乎有一瞬间在他周围看到了无比熟悉的事物。

“您是怎么做到的？”

“您是说开还是关？”那人的笑声在寂静中好似雷鸣，长久地挂在他不无揶揄的嘴角。

“我见过类似的现象，但不知道竟然是可以自由控制的。”

“谁又说可以呢？有时候，即使看不见，存在之物也还是存在的。这取决于您如何看待您所感知的事物。存在的一定可见，可见的也一定存在。您想问的应该是，我是如何把它藏起来的，或者说，它是否真的存在吧？”

“您很强大，我能感觉到。”

“而您很会观察。所以，您现在可以相信我了吗？”

“越来越难了。人不应该相信无法解释的东西，也不应该相信没有亲身经历过的事。”

“要照您这么说，这世上怕是不该存在任何宗教了。”

“这是我的生存之道，或者用您的话说，这是我的第六感。”

“也许有一天您会选择相信的，或者为其找到一个合理的解释。其实，或许这个合理的解释我也能给您。不过，今天的咄咄怪事已经够了，还是就此打住吧，我可不想吓着您。不过别担心，我会在村里待上一段时间。我们会再见面的，也许那时您会愿意让我帮忙发展您的天赋。在我离开之前，我只想再求您答应一件事：不要否认您的天赋。如果您的好朋友前来向您讨教，请务必用您的天赋来帮助她。您二位都是非常特别的人。在紧急关头，诸位会成为绝佳的盟友。”

“您是在说布鲁娜？”

“当然，不是她还能是谁呢？请告诉她您见过我了，替我向她问好。我已经和她见过面了。再见，小姐，和您说话很高兴。”局外人伸出一只手，而她在触碰他时感到一阵电流。

“再见，希望下次见面您能解开我现在的所有疑惑。我马上就会见到布鲁娜，我会转达您的问候的。”

“我会言无不尽的，众神在上。”

布鲁娜和未名是多年的旧交。她们认识的时候还在上学。一天上午课间休息的时候，因为父母刚搬到镇上来而成为插班生的未名走到布鲁娜身边，告诉她自己知道对方的秘密。

“我才不信呢，”布鲁娜一脸嫌恶地说，“我不会告诉任何人我的秘密的。它们是世界上最秘密的秘密，你不可能知道。”

“也许你自己也还不知道呢。身怀真正秘密的人有时候并不自知。”新来的女孩露出了介于调皮和甜美之间的笑容，这让布鲁娜放下了戒备。

“我看你是疯了吧？不过没关系，我自己也不正常。”说着，布鲁娜把自己的巧克力蝴蝶酥递了过去，“你想吃点吗？我可以给你咬一口，但不要咬边上的，你咬中间，边上的留给我，我最喜欢边边了。”

新来的女孩咬了一口，边嚼边思考着什么。

“好吧，我不会因为你这样说就生气的。这种事我通常提都不会和别人提起，因为我很清楚普通人听罢会是什么反应。但你不一样，我很清楚我们俩会成为很好的朋友。”未名说着，嘴角带着一抹奇异的微笑，“我很喜欢你的小闪电，它们动来动去的，就像小小的触角。”

“什么闪电呀，触角呀？你是真的疯了吧？”

“噢，你还看不见。嗯……不打紧，你叫什么名字？”

“布鲁娜，你呢？”

“猜猜看！我打赌你肯定没见过和我同名的人。”

“说什么呢！我肯定见过，再奇怪的名字我都见过。别那么自大啦，我去问问学校里认识你的人不就知道了？不过很奇怪，你们为什么会来这个镇子呢？还没听过有哪个人会专门搬来这里住的。这里只有我们这些在镇上出生的人，再就是周末和夏天会来度假的游客，不过这些游客其实也都是本镇人的亲戚。”

“我父亲从一个我不认识的叔祖父那里继承了一栋房子，我父母觉得搬过来挺好的，就过来了。对，我在这里也有亲戚，其实我父母就是镇上的人，但他们在我出生后就离开了。我们来之前一直住在城里。”

“那你的朋友都在城里呀……要是我的话，一定会很难过的。”

“呸，我没有朋友，也不怕你笑话，我在那里一直被当成怪人，所以走就走了，我一点都无所谓。而且，我自己也更喜欢住在乡下。”

“我喜欢怪人，怪人才更有趣呢。我说，如果你愿意的话，我可以做你的朋友呀，我也可以介绍我的朋友给你认识。”

“谢谢！哎呀，上课铃响了，该回去了。哎，真希望你能做我同桌……待会儿在校门口见？”

“好啊，我等你……对了，你叫什么名字？你还没告诉我呢。”

“那就叫我‘未名’吧，直到你猜到为止。”

从那天起，她们形影不离。

许多年后，布鲁娜才明白，只有她才能理解未名当时脑海里的想法，因为她总是能理解一切，因为她总是能理解未名的特殊才能。

她们相约在露西娅的客栈共进午餐。在那里，在炉火纯青的厨艺精心烹制的、刚从炖锅里端出来的、能起死回生的鲜汤氤氲的热气面前，布鲁娜将一张纸递给未名。

“看看吧。这是我前几天写的。我用了一些文学手法，因为我觉得这部分和我正在写的故事契合度很高，但我确实如实描述了醒来之后仍然记得的每一个细节。最近，我做的怪梦越来越多。比如之前和你说过那个关于蛇的梦，现在又梦到了这个。”

她全身赤裸，只穿着一双用丝线绑着鞋底的凉鞋，在森林里的草地上轻轻滑行，夏日奇异的雾霭渗入她的皮肤，与她的呼吸交织在一起，雾气模糊了轮廓，将世界变成了无数碎片，被薄如蝉翼的面纱串成了一个整体。她舔舐着低矮的云层，就像在沙漠中徘徊了几个小时的人一样绝望。那味道是隐藏的光芒的甜，是她渴求的知识的香。从她背上文着的一棵树上，发亮的光线涌现，有些是金色，有些是红色，看起来仿佛是活的一般。它们看起来像是她的附庸，但又似乎以某种方式独立于它们赖以生存的肉体。这些光亮，既是她自身，又是某种异己，就像天使的翅膀（从人的肉身中，长出了鸟的羽翼），又像鸭嘴兽的头骨（哺乳动物的轮廓，却长着突兀的鸭嘴）。其中一根光的触须似乎不时地抚摸着一个无定的、透明的形体，这形体紧紧地跟随着滑行着的女人，另一些则像头足类动物的触手一般摆动，寻找可以攀附的东西，而她却毫无察觉。有些光的触角延伸到了眼睛无法探寻的境地，迷失在了无尽遥远的远方，其中的一只，颜色是非常暗的红，一如死人的血。

一个高个子男人突然出现，拦住了她的去路。她向他伸出双手，当两人双手相触，光的触须就变成了月白色，而深色的触须则变为纯黑。高个子男人有时看起来有些半透明，他从口袋里掏出一件古朴的镜匣。他打开镜匣，镜子竟然随着他的动作变得越来越大，足以照见女人的全身，而她的倒影也已占据整个镜子的表面。

然后，她看到了真实的自己，感受到了她以前一无所知但无疑正属于她自己的光之触须。随之而来的是最深沉的爱和最强烈的痛苦。她一时间毫无保留地感受到了这一切，其冲击程度足以令人疯狂。此时，那只黑色的触手，搏动着，扭动着，好似咬住了她的肉，她惊觉这只触手死死地钩住了自己，而自己必须想办法将它拔出来……

……痛！痛！痛！

“嗯……好，这似乎是一个很有象征意义的梦，我们还是分部分来看吧……说的好像我们是专家似的。”布鲁娜无比熟悉未名在释梦时的这种专注的表情，只是这一回，这张全神贯注的脸上还流露出了一丝俏皮而又心照不宣的微笑，“你知道的，我们正式开始之前，我总要先问一下你醒来时的感觉，再问一下你对梦中的哪些部分记忆最深，或者哪些部分最让你感到惊讶。”

“我醒来时非常不安，梦中的所有细节都历历在目，所以我才知道这是一个非常重要的梦。很明显，那个女人和我有关，因为她背上有文身。我还立刻想到了我们相遇的那天，你告诉过我，我有光的触手。我想之所以有这段剧情是因为我的大脑知道我一定会把一切梦境都告诉你，所以才产生了基于这段‘光之触手’回忆的梦境片段——这俗套的少女情怀！你知道的，梦总是用奇怪的方式向你我传递信息。好了，现在你可以开始解梦，然后告诉我该怎么做了吗？”

“布鲁娜，”未名严肃了起来，“光之触手是真的。我和你说过很多次，我一直都能看见这些触手，我还以为你已经相信了呢。不过，我看到的触手和你梦到的有些不同。我在你身上看到的是比较模糊、有些虚无缥缈的东西，总是不停变化着，它们与其说是某种实体，不如说更像是一种纯粹的能量形式。而且，我看不到你身上闪电的颜色。我能注意到它们飘浮在空中，就像那些穿过裂缝的阳光有时候也会变化一样，当光线忽然变强或变弱，或者当缝隙里的阳光分割了阴影的时候，我就能清楚地看见它们（它们真的好似闪电一般，忽然亮起，又忽然消失）；但是，我并不能看出它们的颜色。我想，正是这些小闪电赋予了你感同身受的能力，让你能够走入某些人内心世界的最深处——你之前和我说过不少类似的例子。我一直在思考人与人之间何以联系在一起，一种理论认为，人与人之间存在着各种各样的线……这一点你或许有切身体会吧？我不知道，或许'线'的说法似乎还是有些虚无缥缈，难以找到实证……但不管怎么说，我还是认为你的梦和人与人之间的'线'有关。我认为黑色触手是把你和杀蛇的那个人联系在一起的丝线，所以这条触手才是阴险的黑色。如果你在梦里感到这种联系是黑色的，那么显然，自有其原因和道理。跟着你的这个人可能就是你和露西娅在野外发现的那名受害者。蛇男和逝去的少女可能存在联系，比如说，如果女孩是被谋杀的话，可能蛇男就是凶手。实际上，我可以打包票，蛇男一定就是凶手，这种感觉很强烈，我越读你的故事就越这样觉得。你知道的，我通常都不会弄错，你做的梦通常也不会有问题。只不过，我们有时候不太确定该从哪个角度去解释……”

“你真的看见了？好嘛，现在我真成了个实打实的怪人了，就好像我背上的那道闪电印还不够劲爆似的……”

“也许一切都有关联。从某种程度上说，闪电杀死了你，又给了你新生。你最后活了下来，还没留下任何后遗症，多了道疤，但却不像普通伤疤那样会慢慢变淡，而是像某种印记一样毫不褪色：这种概率有多小？所以说，这件事一定大有深意。也许这就是你能和另一个世界交流的原因。也许就是那道雷电激发了你的某些潜能。但很难说，因为我只能看见、感觉到真相，却不能找出实证或论据去证明它。我只知其然，不知其所以然。但我敢说，其中必有蹊跷。这一点想必你也感觉到了。我们俩谁都无法否认这一点。”

“好了，那现在我们就是电视剧里那些解决超自然事件的特工了。”她刻意压低了嗓门，进入了自己的角色，“现在该怎么办，未名？从哪里开始查起？”

“我们掌握了一些警方不知道的信息，知道了凶手大概率是镇上的人，还很可能是个疯子。下一步，我们得弄清逝去的女人到底是谁。”

[23] 坏兆头

预测和直觉是一枚硬币的两面，无论哪面朝上，都能让希望破灭，让获得确定性之前与获得确定性之后一样痛苦。知晓痛苦即将来临，却无法逃避，这是何等残酷！这正是一个人所能经历的最具毁灭性的打击。

布鲁娜知道，她的梦有时不全是虚妄，但她不知道自己为什么会梦见某些特定的东西，也不知道为什么世上会存在像她这样的人：写作和做梦有时是为了处理自己无法通过其他方式处理的信息。

她给自己倒了一大杯咖啡。这是她写作时唯一的癖好：只要她待在电脑或笔记本前，咖啡或茶就一定要摆在手边。手捧咖啡杯成了她在写作时整理思绪的习惯性动作，在敲击键盘与奋笔疾书的间隙，这样的停顿有助于集中思想、组织句子。此刻，咖啡的香气开始在她周围弥漫开来，她开始书写她刚做的梦，一个与现实交织在一起的梦，一个让她在梦醒时分仍非常不安，变得更加脆弱，也更加睿智的梦。

灵感是任性的不速之客，来得毫无征兆，而且有时不走大路，所以，你必须时刻留心，倾听不知何时会响起的叩门声。

为了不忘记这个梦，她做了一件她经常做的事，那就是把梦境和她正在写的故事联系在一起。

在血色月光之下，她做了一个梦。戴着手套的手和狞笑着的牙正在拨弄她的脏腑，寻找一个她不确定是否愿意捐献的卵子。躺在担架上的女人紧紧抓住担架边缘，她不想跌落，那会让她孕育新生命的计划流产，而推动项目落地——她不知道这是不是她自愿跟进的事宜。一次眨眼，出现了一个微笑的女人，陪着她去了一个她不确定自己是否想去的地方，吃了一餐她不确定自己是否想吃的午餐。又一次眨眼，她试图把双脚塞回鞋子里，但鞋子似乎太小了，无法帮助她逃跑，从那所有死人的微笑里逃跑。

在进入手术室之前，想要逃离洁白无瑕的等候室的那种渴望，赤脚踩在冰冷地板上的自由的感觉，对令人不安的命运的逃离，向着野外撒欢奔跑的沸动，充斥着她的内心。

喉咙里的尖叫，

远处的鸣叫，

猫的鼻息，

淹没一切的振翅之声。

醒来后，她看着床头柜上的台灯。无数细小的光点以不可思议的轨迹放射而出。这时，她才真正理解了修拉等人的点彩画法：他们细腻的笔触精准地积聚在一起，表现出一个由色彩微粒交织而成的世界，在观者的注视下，这些彩点具备了明确的形体，幻化为纯粹的光。她深刻理解了蒙克的《呐喊》，理解了痛苦如何扭曲人的面庞，挤出惊声尖叫，理解了恐怖与悲伤如何成为笔下可塑的颜料块，滴落、蠕动、流血致死，理解了光束与光线的物理学。

窗外，红月大放异彩，如她般狂野，天已经亮了。

[24] 遗弃之美

被遗弃之物往往在自身丑陋的裂缝中闪耀着某种美丽，就像某些日本陶瓷器皿上的裂纹一样，经过精心修复后，器物表面流淌而过的时光、被使用过的痕迹、岁月之海里的变故与波折，无一不焕发了神采，无一不散发出美的幽香。“金继”，这就是“日出之国”对这种奇妙的艺术形式的称呼。这种工艺将物体的断裂处变成金色（噢，那光的条纹！），为它增添了新的一重美丽，就像嘴角和微笑的眼角上幸福的皱纹。被遗忘的房屋以瘫痪了的微弱生命力讲述着居住者的往昔：窗户的碎玻璃后保留着窗帘的碎片；雕栏掩盖了某天发生在它身后的某个事件，也阻隔了墙外许多次爱意的偷瞥；木框支撑起墙垣，自己却在努力抵御风的狂舞与岁月的蚀刻；瓷砖的残骸还保留着某天慢火煨肉的香；一面镜子的碎片，还记得镜中花样的容颜；一只碟子变成了拼好的拼图，在被遗忘的角落中努力保持着自身脆弱的完整，而任何最轻微的触碰都会将其拼凑的完满化形为无数碎片，如纯白地狱，每一片都没有自己的特征；碟子旁，洋娃娃没有手，已经泛黄的纸上写着几行信。

但这只发生在那些幸福的房子里。其他的，那些悲伤的房子里，只藏有墙垣在某一时刻里见证的丑闻。这些房子之所以被遗弃，通常不是因为时间耗尽了居住者的生命，也不是因为生活将屋主带向了远方。它们之所以无人回收，之所以被空置，被遗弃，是因为这些处所时刻环绕着阴诡之气。这就是为什么它们如此寒冷，总是散发着潮湿的、地窖般的气息，即使四面通风，即使阳光能透过早已不在的屋顶普照屋内每一个角落。而某些被遗弃的房子，就像马塔莫罗斯的这所，在墙壁倒塌，屋顶不复之后，那股阴暗的回忆与古老的坟墓混合而成的气味仍在空中徘徊，经久不散。

阿尔弗雷多·马塔莫罗斯十八岁将命案抛在身后，进城求学；多年后，他第三次踏上故乡的土地，已是在将母亲接走的一个月后。前两次返乡，一次是父亲离世时回去处理后事，另一次是在父亲离世后不久去把母亲接到马德里——一个好儿子是不会让母亲独自一人的。而第三次返乡，是准备回去把房子永远尘封：八十八岁高龄的母亲此时已经搬入了老年公寓，她留在他马德里房子里的一些东西他已经带回老宅，妥善放好。

当初他离开小镇时，父母已不年轻：他是个很晚才出生的孩子，是在谁也没想到的情况下突然怀上的，当时母亲已是不惑之年，父亲也已年近半百。他毕业后在城里开了一家律师事务所，混得也算风生水起，但他从未想过要彻底离开小镇上祖祖辈辈生活过的老家。即使他当初真的产生了这样的想法，他母亲也是死都不会同意的。但一切都不重要了，他已经有足够的钱让人定制一个大型石柜来存放并埋葬那些早年的回忆。

这就是他在第三次返乡时关上房门那一刻的想法：锁住他的故事，永远离开。自从他在很小的时候夺走玛丽亚的生命后，他就再也无法忍受在潟湖镇的生活了。此间，罪责有如愤怒的恶犬将他追逐，片刻不停，这或许是因为那片土地上留存有他残暴过往的时光碎片，时刻提醒着他在成为今日的自己之前的那另一个自己，那是一头失控的怪兽，完全地占据了他的身体，在女孩的尸体面前彻底打破了人性的边界。这具尸体，曾是他渴望已久的欲念，其苦主正是让他感受到了一生中无疑最接近“爱情”感觉的曾经活生生的人，但却不幸葬身于他愤怒的双手，这愤怒有时也会将他占据。其实，他对暴力并不陌生，也从未远离。暴力如影随形，饥渴、幽暗，总是掺着更多的痛苦。他心底的声音总是叫嚣着还不够，叫嚣着还要更多：更多的情绪、更多的情感、更多的刺激、更多的绝对权威与绝对服从、更多的绝对的力量——指尖在被害者肌体上滑过的感觉。从小到大，他只能以这种方式获得如此强烈的兴奋。

那一次，愤怒的怪兽于工作日的夜晚降临，圈禁了四周的夜色。是夜寒风吹彻，整个小镇都沉睡在紧闭的门窗之内，抵御刺骨的、御风而来的严寒。一位浓妆艳抹、面露醉色的金发女郎挽着他的胳膊，和他一同下了车。没有人看见她走进屋内，没有人看见她身上穿着一件廉价的白色毛绒大衣，没有人再看见她活着走出来。

那一晚，他彻夜未眠。金发女郎与他嬉戏了好几个小时，直到他觉得累了，决定在半地下室的地板之下为她建造起最后的安息之所。这个空间一半在地下，一半在地上，需要经由老旧厨房连通着的附属空间进入。这个地方很久以前是用来摆放工具和给动物提供临时住所的，而今仍然保留着原貌：一辆摇摇晃晃的木车的骨架散落其间，某只不速之客的尸骨清晰可辨——小小访客寻找食物而不得，反将自己困在了地下室墙体的缝隙之间。这个空间原本有一处宽敞的入口，入口外还能看到这座房子所在的山坡上曾经是鸡舍的地方，但这扇门外后来几乎变成了个垃圾堆，很多年间都再没有人从门口进去过了。谋杀金发女郎并将她的遗体存放在那所房子里并不是他最初的计划。事实上，他几乎从未详细谋划过任何一场谋杀，所有在他手里丧命的女人都死于临时起意，所有死里逃生的女人经历的也都是完全即兴的虐待与暴行。是的，他并无预谋。那天，他唯一想做的事就是不要一个人面对他的过往，所以他才找来了一位同伴，想着如果寒冷或回忆让他无法入睡，他可以在被子里搂着她过夜。一段时间以来，他在药物与意志力的帮助下压抑了自己的本能，没有再犯下新的命案，他以为自己终于可以，在这么多年之后，在老房子里睡一次好觉了。然而，最终他却还是需要酒精、暴力与性的刺激才能不崩溃，才能不老是去想玛丽亚。而在他绝望地亲吻了那个妓女，哭到再难自已，再次沦为内疚的囚徒之后，他还需要更多的拳头，才能抹去玛丽亚那张因他的疯狂而与妓女融为一体的脸。泪水与悔恨接踵而至，疯狂的漩涡结束了这个女人的生命，她唯一的错误就是接受了一个帅小伙的钱。

这是多年来第一次有水从老旧水槽的管道中流出，刽子手在二选一的恐怖故事里串演了掘墓人，尸体躺在水池中，而她的血将流散于田野，肥沃菜蔬与果园。淋浴间内，淌下的鲜血沿着文明的沟渠奔涌前行。

甚至在此之前，在玛丽亚成为他青春期痴迷的对象之前，一些不幸与他擦肩而过的动物就已经遭受过他的毒手：狗被打到身体爆裂；猫被塞入火药，变成可怕的烟花；兔子被活活剥皮，在最可怕的痛苦中献出灵魂；小型生物整个头被咬掉；昆虫和壁虎被放在玻璃瓶里暴晒而死，或被锤子和细钉固定在雪糕棍拼成的十字架上，制作成渎神的玩具……而要是有人瞧见了他的所作所为，顶多也只是将其归咎于不懂事孩子的一时兴起，或者等他稍微长大后，归为不懂事的青少年的幼稚胡闹。“小孩儿都是残忍的，”他父亲常常这样说，“哪个娃没伤害过动物？应该这样看：这孩子和他爸一样，是个天生的猎人。”其实，在内心深处，父母两人都有不祥的隐忧，只是不愿承认，尤其是他的母亲。自己的儿子一直都是“别人家的孩子”，但母亲知道，他无可挑剔的优异表现也不能掩盖他身上的缺陷。“母亲就是母亲，”马塔莫罗斯夫人自言自语道，“自己的孩子好在哪、坏在哪，做母亲的都知道。”她希望，当她的小阿尔弗雷多，她的爱子，还没出生就备受宠爱的儿子长大成人后，这些残酷的习惯能自行消失。

那天晚上，厚厚的石墙、房屋间的小巷、鸡舍、棚屋、小路与路边的土块，都被迫成为了事件的同谋。

清晨，最先开门的邻居们看见马塔莫罗斯家门口停了一辆车。当好奇的人们开始聚集，准备上前打招呼时，他们才发现阿尔弗雷多已经用木板钉死了窗户，锁上了房门，完全拒客千里。马塔莫罗斯自己此时已经洗完了澡，刮好了胡子，发型也整齐得像把刷子似的，他嘴角挂着微笑，热情地向他们打招呼，似乎见到老邻居很高兴。他甚至答应在回城之前和其中两位去喝杯咖啡。

他只再回来过一次。

[25] 皮肤上的树枝

布鲁娜本想入睡，但在与未名交谈后，她脑海中就不由地浮现出被雷霆击中的那一天的记忆：当闪电将她一分为二，瞬间吞噬了她体内所有的光，并在她皮肤上以雷霆的指尖文下了闪电的印记时，光与暗在她的世界里彻底由纯粹的概念变成了有形的实体。其后，她的黑暗不断滋生，日益壮大，她与生俱来的禀赋也越来越强：她寻找邪恶并将其吞噬的敏锐直觉，她让人陷入催眠状态的双眼，她眸子里摄人心魄的魅力，还有许多其他不请自来的特殊技能。

夏日午后，两个女孩在山坡上玩耍。两个女孩在第一滴雨落下时仍在嬉戏，任凭身体在斜坡上翻滚，膝盖和手掌被新草染绿。两个女孩，一道闪电，一声毫无预兆就与闪电同时登场的惊雷。一场暴风雨改变了所有，而这道雷电正是暴风雨的序章。

电流将露西娅震到了几米开外的地方，并将触角深入布鲁娜体内，就像一只无情的光电利爪。母亲喊叫着催促她们赶紧回屋，但为时已晚。女孩们已经被击晕，因此并没有回应这声呼唤。母亲在雨中绝望地奔跑，她三步并作两步地跑到爱女身边，确认她们是否还活着：她心急如焚，几乎万念俱灰。

当她们在晃眼的灯光和救护车的鸣笛声中睁开双眼时，两人都已不再是原先的自己：露西娅被一种看不见的特殊光芒点亮，这光线仿佛为她灌注了生机；而在布鲁娜身上，在她的光芒恢复之前，一扇通往黑暗世界的大门已然洞开，而且再也无法闭合。布鲁娜成了雷霆之女。在那之后，生活仍旧继续，她们也并未意识到生活有什么不同。唯一可见的变化就是，布鲁娜后背的肌肤上或许将永远铭刻的，那块闪电的印章。

医生也觉得神奇，因为闪电并未留下任何后遗症：布鲁娜的身体和大脑都完好无损。最奇怪的是，医生们没有找到闪电流出身体时在肌肤上灼伤的痕迹：这道闪电在布鲁娜身上简直像是只进不出，这实在不是常见的情况。医生们还预言说，这道闪电的印记——她背部皮肤上的暗红色枝丫组成的复杂而美丽的花纹——与其他普通电击伤痕一样，会随着时间的推移而变淡；但在布鲁娜身上却并未如此，这些纹路没有丝毫变淡或褪色的迹象，反而随着年岁渐长而瘢痕愈加明显、色泽愈加深沉，而且随着她的成长也在不断扩大。这其实让她感到非常高兴，因为从第一眼开始，她就觉得，能有如此美丽的图案装饰自己的背部，实在是一件非常美妙的事。

失眠如此顽固，她败下阵来，决定起身。她用一件漂亮的衣服遮蔽了身体，脚上蹬上一双适合在乡间行走的厚底靴，穿过花园的大门，向树林走去。幸运的是，她家就在森林边上，而且这个时间点里几乎不可能遇上任何人。她怎么好解释自己其实很喜欢往森林里去呢？她怎么好解释自己其实很喜欢在月光下裸浴呢？这是连她自己都解释不清的事，别人又如何能明白呢？其实，月光能点燃她身上闪电的轨迹，赤身裸体地沐浴在月光下，她背上的花纹就会像火一样红，而这就是她最快乐的时光，每当此时，她都能进入自己心灵的最深处，感到与整个世界相通，成为森林与生命的延伸。有时，她也会在爱的缠斗中、在最深的睡眠里遇到这样的状况。每当这些时候，她的灵魂都会跨过边境线，在巨大的无垠里自由飘浮。在这些恍惚的时刻，她的力量因摆脱了理性的束缚而能在不知不觉中达到顶峰。她直到最近才能真正看见未名口中所说的“光的触须”，那些从她的“文身”里生发出的雷霆之触手，但这并未对她造成太大影响：她还是会趁着四下无人偷偷享受着月亮的爱抚，而且体会到的感觉也如知道这些触手的存在之前一样强烈。她享受着几乎空无一人的森林，享受着赤身裸体的月浴。

狼人蹲踞在树梢，看着这具曾与他多次交欢的身体。她知道他的真相。她第一次看他的眼睛时就发现了这一点，那双因兴奋而更加明亮的琥珀色眼睛是他隐藏自己本性时唯一明显的漏洞，这漏洞甚至连他自己也浑然不觉。真实的历史永远不会亦步亦趋地排演神话与传说。他狼性的一面体现在他凶狠的眼神、不寻常的肌肉力量、总是略高于正常值的体温、夜行的倾向、对所爱之人极强的保护欲、极度发达的感官、某种吸引着他往森林里去的野性以及他只有通过释放性本能和浪费多余精力才能平息永恒的焦躁与不安。他知道她是自由的个体，他因此尊重她，但此刻，他无法走开。他无法抗拒她对他的吸引力，这种吸引力超越了肉体。在她的目光中，他找到了抵消他兽性躁动的倒影。与她共眠，他就能忘却这个对他来说已变得过于渺小的世界里所有的污秽。呼吸她的体香，直至沉醉，这实际上是唯一还能让他感到快乐的事情。这就是为什么，即使她已经决定结束他们的情人关系，他还是跟着她，望着她，守护着她脊背上发光的秘密，默默地为根本无法拥有她而痛苦，又为能够留在身边照顾她而心怀感激。

[26] 每一片森林

潟湖镇中，若遇上夏末多雨、水草丰茂的年份，那么，秋天来临时，某些地区就会出现这样的场景：已经枯黄的高高的茎秆随风弯曲，细小的水流冲刷着田野，把地面变成一只巨大的、沉睡着的动物的美丽毛皮。在这段时间里，漫步其间就像某种游戏，游戏规则是小心不要把脚浸入隐蔽的水洼里，同时想象自己是正在沉睡的动物的脊背上前行。此时，你尽可以接受草地对膝盖的爱抚，只消注意躲避严寒来临前负隅顽抗的最后一只夏蚊。

光明的森林之所以如此，并非因为它的光明，而是因为它的友好：它以潺潺的溪流、柔软的金色草地、参天的松树枝条、无害人之心的居民灿烂的笑靥，欢迎游客的到来。而它的对立面——黑暗的森林，则要有趣、复杂得多。

正常人类只有在狩猎和采蘑菇的时节才会涉足这片领地，而且只会在别无他法之时才会忧心忡忡地铤而走险。在暗影之森，林木与灌木都不寻觅光明。相反，它们的枝干向下弯曲，抓挠着大地，似乎想要穿透它的表皮。行走其间绝非愉快的体验：脚下布满陷阱，身上缠满荆棘，鸟儿的歌声总是激起某种险恶的回声，小动物难觅踪影，只有在啄木鸟愤怒的啄食声或红松鼠牙齿咬碎松果的脆响中你才能捕捉到它们的存在——它们的真身隐藏于林木高处，离地面尽可能地远。然而，矛盾的是，大型动物们却似乎已经在这片领地上找到了真正的庇护，变得有恃无恐：它们知道，大多数人类都惧怕黑暗的森林，不敢贸然靠近，这让它们感到无比安全，在远离小路的地方，尤其是黑潭附近，不难看到野猪与鹿的活动痕迹。

从前，这里曾有过更多的人类活动，在一些角落里还保留着弃用的蜂箱或羊圈，那时树木还不会假装漫不经心地抚过访客的后背，夜晚也不会摩擦行驶于现已废弃的老旧公路上的车辆的外壳。现在仍然有人像过去一样在黑潭的水中清洗死者的衣物，尽管这样做的人已经越来越少。

这是村里代代相传的习俗之一，对于那些亲历过的人来说，这些习俗仍是鲜活的记忆，而对于那些忘记了必须遵守古老习俗的人的后代来说，这些习俗就沦为了故事与传说；然而，他们仍然会把“传说”传给下一代，因为他们知道，在内心深处知道，他们不应该违背传统，他们也不想眼看这种将他们的存在拧成一股绳的智慧与力量在时间的涡流中消亡。

并非每个人对此地的看法都相同。有些人和大型动物们一样，觉得这里的黑暗、安逸和不受打扰的孤独具有某种吸引力，他们行走时步履坚定，感觉良好。甚至还有另一些人，他们来这里纯粹是因为喜爱黑夜，所以他们于暗中造访，与自然合一，丝毫不为狼的嚎叫所惊扰。他们知道，狼从来不会靠得太近，在树枝间发出脚步声和哼鸣声的东西也不会。对于这些具有特殊天赋的人类来说，夜间神秘的幽暗之森恰似一个能量站，让他们精力充沛，发出炫目的闪光，为他们注入鲜活的能量，让他们变得更加狂野、更加兽性、更加强大。在黑暗的森林里，他们天生的能力成倍地增长，感官更加敏锐，可以听到周围发生的任何响动，察觉到风中不同气味的细微差别，分辨出苍穹内的每一个光点。与我们其他人不同，对这些人来说，这里才是真正的光之森林。

坏男人怀念他的小镇，怀念铸造了他灵魂的幽森，怀念它无数次沉迷其中的乡间风景，怀念溅满他泪水的花草与目睹他狂笑的麦田。

这是他离开村镇的第一个秋天，远离了那片土地的安稳与慰藉，他无比彷徨。但潟湖镇已是一片死地，是她的荒坟，也是他人性的孤冢。他回不去了。

野兽也怀念。它怀念黑潭与黑暗的森林，不过，一想到对另一个世界——城市的进军，一想到这背后无限的可能性，它就兴奋不已。

野兽想出去享受新奇的事物，但男人却用尽全力拼死抵抗，紧紧抓住最后一根救命稻草——那股将自己毁灭的悲伤。从人至兽，这变异的过程并不简单。

男人借酒消愁，试图忘记自己的恐惧，嘲笑自己的恐惧，最终却不可避免地沉溺在自身的痛苦之中，沉溺在恐怖与悲伤的狂欢之中，沉溺在深不可测的空虚之中。此时，那件事才刚过去没多久。

野兽仍在回味玛丽亚清甜的肉香，它反刍着回忆，陶醉其中，聊以慰藉颤抖着的、饥渴着的灵魂。它想着即将发生的事，想着自己即将在人群中挑起的隐秘的暴力与罪恶，满意地咂了咂嘴。它知道自己的力量将不断增长，因为自己已经远离了那些永恒的宿敌，所以再无人能将它阻止，它将变得无比强大。它聪明、狡诈、冷血、邪恶，整个城市都将臣服于它的利爪与尖牙，都将因它的饥渴而颤抖。

[27] 过火

女人穿着漂亮的衣服，紧闭着眼，永远地躺在了房间般的冰箱里熟睡。熟睡，并被陈列于此。这是冰冷的展柜，她是阴险的博物馆里当天的展品，在临时展结束后就会被撤换：临时展厅的藏品更迭不停。为了让她看起来美丽动人，没有罹患疾病或遭受暴力的痕迹，装殓师们其实不必大费周章。只需施粉掩盖她苍白的面颊、乌青的眼眶和瘀血的嘴角即可大功告成。事实上，她看起来依然非常美丽，就像那些慵懒的、患有肺结核的淑女，在浪漫主义审美范式下会被认为是完美的典型。她生前也是如此美丽，但这种美丽在她被掠食者饥渴的目光锁定的那一刻起，就成了她致命的弱点与覆灭的开端。人们常叹某人“年纪轻轻就死了”，确实如此。从蜷缩在扶手椅上的一个佝偻的身体里传出了断断续续、几乎微不可闻的声音，那声音说的正是这句痛彻心扉的话语。观者口中不断重复着的也是这句话，此起彼伏地和着她单声部的凄惨号哭。那是女人胸腔深处发出的连续而空洞的哀号，声音纯粹、原始，径直穿过喉咙而不震响声带，传达出最纯粹的痛苦，催人断肠。哭泣的女人太过年轻，不像是已经生了一个女儿又痛失爱女的母亲。在母女告别的候见厅里，一阵阵低语以提问、回答和悲叹的形式拼凑出了这场惨剧的前因后果："她摔倒了，撞到了头，据说是在刚擦过的地板上滑倒了，真不走运，要是她再往右边来个几厘米就好了。""父母都不应该比子女长寿，这不符合自然规律。""生死有命，都有定数，这种事没什么办法。""这是神的旨意，他决定要把谁带往他身边。"……最后这句话来自一个苍老的声音，这声音如此平静，从中却能听出充满不幸的往昔与口吻中那种可悲的麻木与顺从。"我是她的死神。"这个扮作好邻居，溜进吊唁现场的人如是想道，"才不是什么神的旨意呢，你们这帮蠢材，是老子干的。是我，是这头无人能挡的怪兽干的。"参加今天的守灵，包括参加第二天的葬礼，都是他对自己的考验。他想知道自己的极限，想自我惩罚。除了那唯一的一个，他还从未见过其他脱离控制后还有能力逃跑的被害人，而这次的情况显然对他有利，因为大家都只认为这是一起意外，没有人会将矛头指向他。诚然，如果事件没有这样收场，那迎接这名女性的结局只会更糟。眼前的一幕帮助他看到了自己行为的结果，试图让他理解那个时不时附身其上，让他发无名火的怪兽，那个经常侵蚀他意志力的无限的怒魔，那个本不该存在的东西。他体味到一种苦乐参半的酸楚：他痛恨自己在生命的某些时刻无法控制自己的所作所为，这种渴望驱使他去寻求并得到他想要的东西，去证明自己的强大，施加自己的威压，满足自己的欲望，去成为那个决定生死的神。而在看到自己的暴行造成的恶果之后，他又总是后悔不已，尤其是，随着时间的流逝，他为恶的本能似乎已经沉睡，不再时常用阴险的欲念冲击他的心灵——正因如此，他现在才会更加后悔。他始终不清楚，让自己感到烦扰的，究竟是意志力与自制力的缺乏，还是自己的手又一次结束了一条鲜活生命的这一残酷事实。抑或，二者都有。

出于某种原因，在狂怒的日子里，他常常会想起小时候第一次目睹母亲癫痫发作时口吐白沫的情景。尽管有人向他解释这是一种正常的疾病，她没有疯，也不会死，但他还是被笼罩在疑虑的愁云中，郁郁寡欢地长大。从母亲第一次病发开始，恐惧就在他的脑海里挥之不去，随时间的流逝渐渐沉淀为絮状的结晶：父亲神经质地大声叫他拿手绢塞到母亲的嘴里，防止她咬断舌头；父亲高大的身躯死死压住瘫倒在地板上的母亲……男孩只能看见母亲的双腿在厚厚的肉色丝袜里不住地痉挛，丝袜在膝盖处有松紧带，使母亲宛如一块破布的皮肤呈现出拿铁的色泽：一半是咖啡，一半是牛奶（关于咖啡的联想给了男孩几分聊胜于无的安慰，螳臂当车地减缓了恐惧的沉淀）。这色彩与她大腿处光洁的纯白形成了鲜明的对比。男孩摇摇晃晃地蹲在地上，双手抱膝，满眼泪痕。一股尿液，冲破了她裙子的屏障，溅湿了地毯，留下一摊尿渍（与另一个时间，他裤子上的尿渍是如此相似）。袭击被害人时，他会在整个过程中不断哭泣，因为他坚信，被害者从喉管里发出的都是死亡的回声，是小动物即将在他手里咽气时的同一种回响。

“不管别人怎么说，母亲是肯定不会尿裤子的，除非她快死了。”经历了童年的原初场景后，他杀戮的欲望就越来越强烈，最终以一种令人作呕的方式返回：他试图重现这种，生命即将结束时，四肢不由自主的痉挛式的颤抖。

即使是在受害者和刽子手、母亲和女儿、死者和哀悼者共享同一个空间的这个紧张时刻，他也会不由地被往日的记忆攫住心神。他向坐在扶手椅上的那人表示哀悼，那人看着他，没有认出他是谁（她毛绒狗一般的眼睛水汪汪的，已成了流泪泉），但还是向他伸出一只手，勉强表达了礼节性的谢意。她说不出话来，内里的生气已经消失殆尽。她的心已经碎了，裂缝中渗出苦涩的悲伤。她内心的伤口已无痊愈的可能，但若幸运眷顾，它们或者也会在许久之后结痂，但新长出的嫩肉必将永痛不止。时间无法治愈超出常理的死亡，人所能做的，不过是学会与苦痛做伴，时常回忆刻在身体里的往昔。

男人透过玻璃注视着这一切。他心中泛起一丝怜悯，但又不禁想，如果那女人没有因为惊恐而被绊倒，让他不由地发出“你个笨手笨脚的婊子”的怒吼，声音之大让整栋楼都提高了警惕，也打破了他被许下的愤怒的魔咒的话，那他或许就能按原计划行事了（他这次返乡本就打算这样干）：把尸体装在包裹里，再佯装不知地送到那一户人家门外。“啊，真可惜，要是真能这么做，该是多么美妙啊！”他想着，又变回了永不餍足的另一个自己。他把车停在停尸房外的一条偏僻的街道上，在雨水带来的孤寂中，他一边自慰，一边哭泣。哭完后，他苟延残喘的光明的一面短暂地重回身体。此刻，他懊悔得想死，想立马结束自己令人作呕的生命，但他没有勇气自杀。

第二天一早，死者下葬后，他到事务所附近的五金店去买了几米足够粗的草绳。倘若有一天，他不再怯懦，绳子就会派上用场。

[28] 黑潭

孩子迷了路，他很害怕。她也感受到了他的恐惧，这恐惧直叫她嘴里发苦，胸口好似被巨石重压。

这是因为，恐惧能带来真实的疼痛。恐惧像一头怪兽，一只爪子捏碎你的肋骨，另一只扣紧你的喉咙，直到夺走你的呼吸和反抗的能力才肯罢休。而当你屈从于它的欲望时，它又会嘲笑你的软弱。

只有迷茫为他导航，他如羊毛般瘫软了的双腿勉强支撑着他跑向未知的方向。他误入了黑暗的森林，于是一切都改变了：霎时间大雾降临，一切可以指明方向的参照物都变得模糊不清，他是个天生的探险家，又对此地的地形了如指掌，但此时也没了办法。突然，他被树枝绊倒（那树的枝条探向地面，而非向上祈求天空的光明），哭了起来，身上满是泥土和擦伤。她也跟着摔倒在地。

除了眼泪，他还能分辨出池塘里的黑水，如此之近，好似他身上的淤泥：黑潭里的淤泥，颜色是水一般的黑。黑得像鱼，像黑夜，像似乎要将他吞噬的微光。黑潭像一个黑洞，将青天白日与夏夜星光吞入口中。黑潭之水深不可测，若非是为了濯洗死者的衣物，无人愿意深涉其中。人们希望苦水能带走死者生前的执着与眷恋，让这些残念永归湖底。如此一来，衣物就不再是死者的栖身之所，就可以放心地保管或者让下一个人再穿了。

布鲁娜通过孩子的眼睛认出了这个地方。她知道自己身在何处，却不知道如何返回，目之所及只有自己的鼻尖。这个地方让她害怕。她不想再回去了，自从黑暗的森林第一次让她感到害怕后，她就再也不想回去了，因为那里已然不再是安全的领地。但这该死的浓雾让她分不清回家的方向。她开始幻想无数双死者的手从泥沼中伸出，抓住男孩的双腿，将他拖入腐烂的、尸体在树根和泥土间虬结的世界。她想给他鼓起勇气，让他明白没什么大不了的，恐惧才是此刻最主要的敌人，他只有冷静下来才能逃出去……但她做不到这些事，她只能看，只能感其所感：她不过是一个旁观者，一出多年前就已发生、如今已成定局的戏剧的观众。

然后，事情发生了。他没有留意到任何异常，但她却能看到那个影子正悄无声息地靠近，以一种近乎猥亵的自信在树与树间穿行，以其黑暗冲破雾霭。一切在她眼里都宛如投影。她不再用孩子的眼睛看这一切。此刻，她飘到了空中，隐匿在了另一段时光的破碎的云霭里，惊恐地注视着她无法改变的一切：暗影攫住了男孩，将他裹藏在黑暗的怀抱中，与他融为了一体。然后，小男孩用毛衣袖子擦了擦眼泪，站起身来，抖去膝盖上的烂泥，朝前走去，嘴里哼着不祥的童谣。这首儿歌的旋律其后一直在女人脑海里萦绕，一遍又一遍，直到她最终睡去：

醒来吧，男孩和怪兽来了。

睁开眼，否则它要吃掉你。

这一次，布鲁娜所写的是梦到的东西，也是亲身经历的东西，既非虚妄，亦非真实。她笔下的句子是无所有之有、无所在之在，是身为旁观者的纪实文学，也是身为亲历者的奇幻故事。她就在那里，倏尔成为男孩的一部分，看见他眼里的世界，咀嚼他的痛苦。不，那不是梦，那是另一种东西，一种无法用常理解释的东西。

[29] 鱼的痛苦

鱼在水底寂静无声。它的哭号无人知晓，它的泪滴融在水中，但它的痛苦不会因沉默而变轻。

尤其是，当一个堕落的孩子把它钓上来，用鱼线缝住它的嘴时，它的沉默更增添了它的痛苦。鱼钩为针，鱼线为线，孩童缝缝补补：扎进去的时候会扯破，挑出来的时候又会撕裂。他缝得很快，缝的时候还把鱼身不时地浸到水里，以免它还没缝完就先逝去。他要鱼活着。活着，并痛苦。

池塘里的黑暗灵魂在这一过程中充满欢欣，备受鼓舞。它贪婪地想着自己将如何把鱼的痛苦吸收殆尽，享受其一点一滴，眼看鱼儿逝去，被巨大的饥饿吞噬。它还没有完全进入或离开男孩的身体，在那段时间里，它在这个孤独的男孩身上时来时去。然后，它将永久地与孩子融为一体。当然，这种永久于它只是一瞬。

多年以后，女人也在沉默中痛苦地逝去，正如那条很久以前被杀死的鱼——鱼儿只是下一场谋杀的预演。当她沉睡在药品与氯仿织就的梦境中时，男人已在兽性大发的谵妄中将她的嘴唇与丝线相连，这让男人乐不可支。只要她醒来，野兽就会幸灾乐祸，然后品尝她的痛苦。野兽如此饥渴，男人也涎水直流，唾液滴落于她一动不动的身体：它的杰作。这一次，它趁着这个为它提供了栖身之所的男人不省人事之际，强行控制了他的身体。这一次，它要将食材慢慢煮熟，它想复刻多年前在被一点点折磨致死的动物身上发现的那种美味。是的，它想让折磨能够持续下去，因为短暂的狂欢与满足远远不够。

她浑然不知自己的嘴现在有多恐怖，在生命的最后一次睡眠中，她的嘴畸形地张开了。当她醒来时，疼痛定会让她痛不欲生。但是，没有人会听到她的尖叫，因为她无法尖叫。她的痛苦会持续多日，直至像鱼一样在寂静里逝去。

后来，男人恢复了意识，他觉得有些后悔，感到一种苦乐参半的味觉。而几天后，当他用硫酸溶解受害者的身体时，他将会回想起自己的可怖，回想起自己究竟变成了什么样的东西：人与兽，共用一个身体，相互混杂，不分彼此。他们就是这样的存在。

[30] 魔鬼的阶梯

当对死亡的渴望唤醒那头怪物时，整个世界都应该颤抖。而这种情况会定期发生。戈列罗就得知了这样一种数学理论，可以根据神经活动的范式，不无准确地预测连环杀手在一次犯案后多久会再次感到杀戮的需要。在得知这个理论后，戈列罗就一直努力追查自己负责的这个案子。但问题是，不是每个杀手都是一样的。而在某些情况下，这种误差甚至不仅是由人类自身的差异性造成的，其背后更有常人所不能预见的非人的因素。

事实上，戈列罗对这起案件几乎一无所知，他只知道有一个女孩死于非命，抛尸点很不寻常；他无法想象案件的细节，但他怪物猎人的直觉告诉他，这起事件肯定没有那么简单。

特雷莎·萨拉贝里手捧两杯咖啡走进办公室。

“有消息吗？”戈列罗从桌上的文件堆中抬起头问道。

“那个女孩的案子？没有，我是来给您送咖啡的。”

“好的，非常感谢。”

“您在看什么？”

“一篇论述‘魔鬼阶梯’的论文，这是一种用于分析连环杀手作案心理的数学理论。这篇文章是萨拉曼卡的加西亚寄给我的，他对所有与连环杀手心理有关的理论都非常痴迷，不管这些理论是否说得通。”

“难道只有他对异想天开的理论感兴趣吗？”她说这话时眉毛微微上扬，讽刺是她的强项。

“好吧，我承认，我也被这套言论吸引住了。为了以防万一，我正在建一个数据库，记录案件的每一个无论多荒谬的细节。说不定什么时候就会出现一种新理论彻底扭转局势，谁知道呢？我承认，自从听说这项研究之后，我就一直在关注它的进展。”

“我了解过这个理论，但不太相信。我觉得大部分连环谋杀案中都很难看出有规律的时间间隔，除非凶手本身就按照时间来杀人，否则通常是很难找出周期性的。”

“其实文章里也解释了理解这种理论的关键：我们这些不懂数学的人总是倾向于认为与数学有关的一切都具有绝对的规律性，但显然，事实未必如此。所谓‘魔鬼的阶梯’，其每一级楼梯长短各异，相差悬殊。而且，这些理论家还试图将连环杀手的脑活动与癫痫患者的脑活动联系在一起，因为癫痫病发作的诱因可能与产生杀人冲动的诱因相似。理论的提出者似乎收集了一些知名连环杀手的家族癫痫病史作为论据。他们声称，这项研究的结论和论证过程还需要进行一些微调，比如，还有必要考虑到产生杀人意愿到实施杀人计划之间的时间间隔。不过，让我再说一遍，我觉得这个假设很有意思。”

“这样看的话确实挺有意思的，不过现实情况可能没那么理想，因为这个理论需要完全了解凶手犯下的全部案件，而这是很难做到的。一般来说，在抓到坏人之后才可能得到这个信息，而且大多数情况下，凶手被捕之后也不会坦白所有罪行。就拿这个案子来说，潟湖镇的女孩儿可能是他杀的第三个人或第一百个人，也有可能是他的第一起案件，这一点我们无从得知。即使我们再发现他犯下的另外三起相关案件，也很难根据这个理论构拟出凶手犯案的时间范式，因为我们无法确定这几个案件之间是否还存在其他案件和死者。”

“我猜，这个理论的实用性并不在于构拟范式，而在于预测下一次的犯案时间，以便防患于未然。但不管怎么说吧，多一种视角总是好的。”

“老板，休息时间结束了，我要继续工作了。不破案我是不会罢休的。不知怎的，这个案子让我无法自拔。”

“你自然有你的理由，萨拉贝里，只一句：不要让它影响到你的个人生活。我相信，你能处理好的。要能破了这个案子，死者泉下有知也会感谢你的，你也能从过去走出来。我知道这条路不容易，但前面风景很好。”

“别担心，马可，”她叫了戈列罗的名字，“我从不让私生活影响我的工作。”

“我知道，这一点我毫不怀疑，但我不想看着你往火坑里跳。”

“别担心，我擅长灭火。如果有必要，我也能从坑里爬出来。”

“好吧，但愿如此。有新情况随时通知我。”

“我会的，谢谢你的关心。”

[37] 恐惧

野兽永远不会忘记，在那个夜晚，它，恐惧本身，竟也尝到了恐惧的滋味。在大鹿无情的、愤怒的追逐下，它拼尽全力奔跑，身体擦过阴暗狭窄的隧道，它用爪子在石壁上抓挠，在缝隙和突起处留下了指甲的残片，直至爪子变成血淋淋的残肢，手指上还残留着黏糊糊的肉屑。

几百年来，他一直沉浸在恐惧之中，想象自己被健硕的蹄子碾碎，被野性之神无情的怒火撕咬。在这个伸手不见五指的洞穴里，地下铺着柔软的烂泥，上方如繁星般点缀着美丽的钟乳石和石笋（虽然在暗中看不见），它就躲在这里，任由恐惧以它的愤怒和仇恨调味，逐渐将恐惧本身吞噬。愤怒、仇恨、恐惧，这三种情绪混合在一起，像恶性真菌一样发酵、滋生，将它浸渍了许多年。

终于，它开始寻找出路，此时的它和刚进入洞穴时已不可同日而语：它知道自己已经变得更加强大。它不断摸索，终于在一条隧道的尽头找到了出路，它沿着地下河的流向，一步步向前，走了很久很久。彼时，它的眼睛已经能够在黑暗中视物，它也学会了享受手中方解石奇形怪状的滑腻与冰寒，一如享受脚底泥淖的黏稠与植物的湿冷。走啊走啊，它感觉渐渐被水取代，终于，在这一天里，它完全被液体包裹，而后浮出了黑潭的水面。它极度饥饿，这种可怕的饥饿只有捕食自己的身体才能得到缓解。它已不再需要一具会受到伤害的肉身。

现在的野兽已是阴影和仇恨本身，它无实体的长舌头品味着无形之物：痛苦、恐惧、死亡的留痕……

它还找到了新的藏身之所。那是一个阴冷潮湿的角落，与它曾经的“家”如此相像。它在黑潭底待了那么久，最终舍弃了肉身，获得了无形，变得更加强大。它获得了新生。

人们说，神不会死。离神只有一步之遥的人也不会。

这话其实不完全对，应该这样说：他们死后还会复活。有时，就像恐惧本身一样，他们并没有死，而是变成了另一种存在——更可怕的存在。

女人跑啊，跑啊。头发上沾满树叶、泥土和血痕，身上亦是如此。衣饰残损，身体多处破裂。红色的泪水，无声的呼救。在她身后，野兽的眼睛通红，不洁的唾液在嘴角飞溅，它控制着共享的躯体，将女人紧紧追逐。有时，它会假装追不上她，这样就能延长狩猎过程，延续欢乐的猫鼠游戏。她的蓝色眼睛，被泪水和花了的妆容弄得模糊不清，看不清前路。她倏地撞上了树的根枝，滚落在灌木丛间，崴到了脚。她面色苍白，口干舌燥，肌肉紧绷。她知道自己已经死到临头，知道自己根本撑不了多久了。怪物也嗅到了她的恐惧，这唤起它野性的快乐。令人食欲大增的雾霭，充满张力的荷尔蒙的结晶，从它鼻子进入体内，激活了淫乐、享欲、渴血的心。那一刻，它就是纯粹的欲望，纯粹的贪婪。除了大写的“饥饿”，世界仿佛空无他物。那是原始的饥饿，无限的饥饿，不知节制，无有餍足。那是一只超越了理智的生物所感受到的饥渴，它的生命似乎只为满足欲望而存在。在另一个时空，另一片森林，女人只是重现记忆的主演，再现了这场具有双重功能——玩耍与猎食——的变态演出。

野兽遁入它现在的躯壳，这躯壳就是正在追逐着女人的这个男人的内心。它在男人体内回忆着自己是如何被追捕，又是如何变得更加强大。它无比了解这种无边的恐惧，正是这种恐惧将它吞食，又将它呕出，让它重获新生。

女人的恐惧与多年前遇到怪物的那个孤独的孩子的恐惧相似，与他的小膝盖在绝望的赛跑中碎裂后流出的血的铁锈味相似，暗影停留在孩子面前，渴望吮吸他的疼痛：不应得的一顿巴掌所带来的疼痛，残忍的父亲的冷眼和母亲的沉默所带来的疼痛。它清楚地记得那个乌云密布、潮湿黏稠的下午，记得那个男孩不顾他不信任的长辈的警告，穿过森林。这送到嘴边的、美味的混合物，它想用透明的毒舌舔舐他每一个伤口。它无法抗拒跟随他的冲动，即使这意味着要远离庇佑着它的黑色水域。起初，它走得很慢，在错杂的树干间穿梭，身影时隐时现，那是一团若有若无的影，一团黑暗的鼻息，但却足以让男孩觉得自己并非独自一人。这是它第一次从黑潭里出来，它发现了让食物慢慢腐烂以增强其滋味的乐趣。然后，它的动作逐渐大了一些，树枝开始吱呀作响，仿佛有一头小兽藏在林叶之间。再然后，它终于被饥饿蒙住了双眼，开始快速、无情地追赶他。男孩能感觉到脖子后面有他看不见的东西在呼吸。他摔倒了，爬起来，继续跑，上气不接下气。突然，一声吼叫传来，野兽赶忙停住了脚步，而后往自己的庇护所跑去。它感到就在嘴边的猎物突然被夺走的愤怒，还有自己被发现的惊恐。

而女人就没那么走运了。其实，男孩也不算走运，因为即使在成年后，他体内也还隐藏着那头野兽。此时此刻，女人的命运似乎更为悲惨。不过，男人或许并不同意这一点：至少对她来说，痛苦过后，等待她的将是平静的死亡。她痛苦吗？无疑是的。但她将迎来的，是无罪、洁净、安详的结局。

当一切结束时，她将成为一本日记中新的一页，在这本日记中，人类与野兽将共同书写所发生的一切：他是为了纪念；它是为了消遣。

[32] 猫·骨头·触手

经常在树林里遇到的那个人在街上与布鲁娜搭讪后的第二天晚上，她几乎一夜未眠，只是一味地烦躁不安，无法不去想那次相遇。那是突兀的对谈，某时某街道忽然传来的话语和一个刺穿她头颅的眼神：“你就是发现了骨头的女人，对吗？”还没等她反应过来，他就继续说道：“我得告诉你一件事，但要在没人的地方。”她只能点点头，说了一个时间，给了自己的地址。虽然带陌生人回家很不安全，但如果他真的知道什么呢？她绝对不愿忽略这种可能性。

夏夜的炎热把我们变成了不知羞耻的动物，在敞开的窗户前分享空气和隐私。布鲁娜房间的窗户也敞开着，飞舞的窗帘遮住了细密的蚊帐，勉强将室内与熄灯后的这片野性的土地——暗夜的花园——隔绝开来。森林似乎在玩游戏，要对这片已被夺走的昔日领土发起佯攻。

在睡意来临之前，她听到另一侧传来呼噜声，那声音好似近在床边。她似乎闻到了动物的气味，夹杂着墙外浓郁而甜蜜的茉莉花香。

白猫在女人脚边焦急地打转，抬起头来望着她。她蹲下来，坐在地板上，猫顺势跳上她的腿，用粗糙的舌头舔她的脸颊。她任由它这么做。它猫科动物的眼睛却闪烁着人类的光芒。她也张开嘴，舌尖相互交织。一切都发生得如此缓慢，好似整个世界被打了一剂麻醉针。空气中飘浮着一种奇异的爱，那是知晓对方与自己平等，知晓彼此心意相通的爱情。他们是男人和女人，他们是动物。他们轻轻地抓挠彼此，小心地不挠破对方的皮肤。他们轻轻地彼此咬啮，小心不伤到对方。

布鲁娜醒来时满头大汗，神情恍惚，心跳加速。在窗户的另一侧，一声狂野的猫叫让她毛骨悚然。她打开了灯，盯着空荡荡的屋顶。她仿佛听到屋顶上有脚步声，起先是“咚咚咚”，其后是“哗啦啦”——环绕着房屋的小路旁落叶的声响。她不想向窗外望去，因为她知道，在满月的光辉下，她必会看见一双凝视着她的眼睛。内与外的边界被混淆，现实有如梦境。他已在室内，进入了她的领地，而且永远不会离开。他知道自己要永远留在那里，留在她身边。他要永远看着她。

过了几个小时，天空中才渐渐有了光，布鲁娜也终于迎来了这一天：她知道，今天她将了解更多事实。自从逝去的少女出现在她生命中，布鲁娜的生活里就一直充斥着对这个女孩的痴迷。

干枯的枝条指向天空，其扭曲的线条在天空的画布上划出了大大小小的格子，全都在单点透视的无边天蓝色画幅中消失。这棵树只枯死了一部分。死了的树枝依然挺拔、高傲，蔑视着腐朽。树的另一部分，活着的那部分，在同伴的睿智面前只是拱起了年轻而顺从的枝条。有时，死亡与生命同在。

布鲁娜觉得自己与那棵树非常亲近，所以她没有砍掉它逝去的部分，甚至没有为活着的部分灌注更多的力量。大自然的智慧，永远能找到万事万物的完美的平衡，唯如此，这棵树才能成为这样一个死之凄与生之美共舞的奇迹。它成了美的范式、鲜活的艺术品，大自然也超额完成了自己的目标。

当布鲁娜为拾骨者打开花园的门时，他首先注意到的就是这件艺术品。他还未进门就已被它吸引，目光中流露出神往之情。逝去的女孩目不转睛地看着拾骨者一步一个脚印地走向门廊。毫无疑问，就是他，他就是猫人，是那个某天迈着轻灵的步子而来，以爱怜之姿拿走了她身体的一部分，却再也没有回来寻找剩余的骨头的那个男人。

“喝咖啡吗？”

“几乎没有不喝的时候。”他微笑着回答。

女主人进屋准备饮料时，鬼魂一直坐在他身边，坐在同一把扶手椅上，却没有让坐垫哪怕有半分的塌陷。她耐心地等待他们开始交谈。

布鲁娜端着托盘回来，在正对面的扶手椅上坐下。

“花园不错，”他说，“那棵树令人印象深刻。”

“我很喜欢它，它对我来说很特别。”

“我喜欢它的二元性。它给人的印象是，它同时扎根于两个世界，生与死都在它的枝叶间流淌。它可能是某个传说中沉默的主角，可能具有某种魔力，也可能是某位远古神灵的象征。”听着他的话，布鲁娜觉得时间仿佛停滞了，自己仿佛已经超脱了时间，可以在秒针走过一格的时间里做一万件事，而世界的其他部分却似一潭静止的湖水。她思绪万千，却无法用言语表达，她的神经元就像一台快如闪电的机器的齿轮，眨眼间就带她穿越了无穷无尽的世界，她背部的电流爆发出一股短暂而热烈的能量，如同火药突然爆炸。她发现自己的树并不是一棵普通的树，这让她感到不安，也让她感到愉悦。不安又愉悦，这正是她从他身上得到的整体感觉。突然，她意识到，这一切又一次发生了：她的触角带着自己的意志在这个男人周围舞动，舔舐着他的心灵，与他纠缠在一起。多亏了未名，她此时此刻才能具象化地看见，当她产生这样的感受时，到底会发生什么。她别无选择，他显然就是那些注定要与她产生联系的人之一，而且这种联系恐怕很早之前就已缔结，而她此时此刻才看懂这一切。

“你认出了他的眼睛，他的猫眼。你在森林里见过他的眼睛，见过很多次，所以在梦里他才没有吓到你。”布鲁娜内心的声音出卖了她。

“你很善于观察，”她强压下躁动的心神，“这确实是这棵树的特别之处。没几个人能理解我为什么不去修剪它。”

“逝去的部分也非常美丽，有一种永恒的颓废美。我一直对这种美情有独钟。”

“你也喜欢吗？”布鲁娜全神贯注地看着他。

“如果按照语用学的交际原则，这问题应该我问才对。不过，谁在乎这些东西呢？”他的幽默感激起了她内心某种不安的平静，一种待在自己的新家里一样的感觉。“我喜欢被遗弃的地方。”他继续说道，“哦，我还收集骨头……有时我还用它们创作一些艺术品。骨头是表达过期之物中永恒之美的最佳物品。噢，期限与永恒，真是美妙的矛盾体！”

“真的吗？我还以为只有我这个疯婆子能看到这种美呢。我也收集了一些，用在摄影作品里。废弃的地方对我而言也有着不可抗拒的吸引力。”

“哎呀，原来你也有幽暗的一面，就像你的树，或者说，就像兰花一样：美丽而阴郁。这是我最喜欢的花。”

“听起来有种扭曲的美。”

“扭曲的话，我倒是觉得你呈现出的样子更扭曲一些。至于美，也是你更美。抱歉，我不想刚见面就说这种奇怪的话，但你知道的，请别误解我的意思。”

“美不美我不知道，但扭曲你大概没说错。在我把斧头拿出来，把你剁成肉酱，埋在花园里之前，你还有时间逃跑。”

“这是玩笑话吧？黑暗总是比光明更有趣。更重要的是，现在我终于知道，你也是个疯子了。那我要告诉你的事就更容易开口了。”

“快说吧，趁我还不讨厌你，还想和你做朋友。万一我突然不高兴听了呢？”

“我做了个梦……”

“有意思……”

“你看，我是个独来独往的人，而且一般来说不喜欢和人打交道，当然，你似乎是个例外了。真遗憾，在我讲完之后，你可能就不想再理我了。”

“谁知道呢？也许我会让你大吃一惊也说不定。”

“我梦见了一个小女孩，她对我说了一些话。我想，其实是对你说才对，因为是你发现了那些骨头，没错吧？”

“其实，是我们姐妹俩，我和露西娅一起发现的。你肯定认识她，这儿没人不认识她。她就是餐馆老板。”

“我还真不认识，不过，我冥冥之中觉得，她想把话传给你。”

“说来听听？”

“你不觉得奇怪吗？我专门找上门，和一个陌生人讲自己的梦？”

“我也会这么做的。”

“那好吧，希望真的如此。不过我要事先声明，我不太明白为什么这个梦如此强烈，也不明白为什么我醒来时会闻到森林潮湿的气息，但我说的都是真的。我记得她很年轻，有一头乌黑的卷发。她穿着鲜花的衣裳，说话方式很奇怪。我把她说的记下来了，想慢慢研究清楚。”他一边说，一边掏出了一张小纸条，上面写着三句话，“第一句我不太明白，但你知道，梦就是这样的。梦里的语言有自己奇特的语法。不过，第二句似乎就比较清楚了，上面写着让我来找你。这三句话是这样说的：

“森林……她是火……她是树枝和鹿。

“她知道……她知道我的尸骨长眠何方。

“她必须去找安娜，要让她去找安娜，安娜守护着我的话语。”

“第一个句子多么奇怪：火、树枝……不过，梦确实有自己的语言，有时非常神秘。我还看不懂这句话是什么意思。‘鹿’可能是有特殊指代的，我的个展中那张照片也和这个有关。至于最后一句，我得好好想想才行。让我先回忆一下，看看我到底知不知道安娜是谁。”

“我只能猜出这条信息应该是给你留的，至于照片……能让我看看吗？”

“你猜得没错。其实，我最近也做了些奇怪的梦。我们俩还有的聊呢。不过，请先告诉我你是什么时候做的梦，之后我再把照片找出来给你看吧，你可能会惊呆了的，因为也许我还要给你看一些别的东西。”

“几天前，国民警卫队来到我家，问我是否知道这一带有失踪的女孩。我猜他们问的是镇上的失踪案，但我不知道，我平时就不太跟人来往。我要告诉你一件事，但请你务必保密，警官禁止我外传，我不想惹麻烦。”

然后，他告诉她多年前他是如何发现这些骸骨，他又是如何把它们放在家中而不自知这正是人类的骨骼。他还告诉她，自己把警员带到了发现尸骨的地方，而警方正在研究这些遗骸。她也给他看了照片和她不知来处的套装。之后，两人促膝长谈了好几个小时，做了很多猜想和假设，将二人命运的丝线紧紧绑在了一起。而逝去的少女注视着他们，发不出声响的双唇上一直反复地描画着同一个名字：安娜。

[33] 纸上人生

当你不知道该走哪条路时，每一条线索都会是悲伤中的一阵喜悦，葬礼上来之不易的一抹笑容，寒冷的北国连绵阴雨天里的一个晴天，层层黑暗中隐约可见的一缕亮光。冲破阴影的光，这是日本人眼中最美的光亮，是古老东方的荫翳美学。布鲁娜现在就找到了这样一条线索，她在自己的回忆之中找到了她一定要找到的这个名字。

安娜。这个名字或许自己早该想到的。她很可能是解决问题的关键。但这就意味着，这些尸骨的年代比警方推测的还要更加久远，至少这就是根据自己的记忆推断出的事实。在与有关部门联系之前，她决定先验证一下自己的猜想，而这就需要露西娅帮忙了。于是，她跑到客栈，拉着她的手走出了厨房。

“露西娅，我需要你。”

“什么事呀，神神秘秘的？好了，先坐下，别再把我像洋娃娃一样拽来拽去了。”

“你得跟我讲讲我们小时候认识的一个女孩，叫安娜，我印象中她应该跟你差不多大，可能是你同班同学。其他的我就记不清了。”

“你很不对劲，为什么突然想知道这个女孩的事呢？她……噢，安娜！”她脸色一沉，“天啊，我知道你该去哪里！我读懂你的想法了！如果她不认识你……”

“没错，我的好姐妹，我就是要去那里。看吧，你的直觉又对了一次。也就是说，有人告诉我，他在梦里知道了，我必须去找一个叫安娜的人。我花了好一会儿才意识到她到底会是谁，不过现在我已经想起来了。一切似乎都理顺了。”

“当然……白骨……她姐妹的失踪案……可是，这是谁梦到的呢？我讨厌你说话只说一半，也讨厌你有时候把一件复杂的事毫无征兆地一股脑儿全说出来，让人听完都不能喘口气。”

“白骨，是的。不知道是谁的白骨。但如果你把‘安娜’这个名字也放进去呢？在梦里，一个黑发女孩让我朋友——别急，我马上告诉你这位新交的朋友是谁——让他来找我，并带给我这样一句话：‘她必须去找安娜，要让她去找安娜，安娜守护着我的话语。’”

“天啊，布鲁娜，你又找了一个奇怪的小男朋友？”

“才不是什么奇怪的……好吧，他是有点怪，但是好的那种怪。他也不是什么‘小男朋友’，我们只是普通朋友。这些以后再和你说吧，现在你得集中注意力，告诉我安娜的全名，还有她那个失踪的姐姐或妹妹的全名。我只记得她失踪了，大家都说她跑到城里去了，还背地里说了很多难听的话。我不知道警察最后有没有找到她，还是说她其实就是我们俩找到的那个女孩？她全家人都已经离开了小镇，我看不到那件事是怎么收尾的。”

“其实，我这边也看不到。我们是不是应该去派出所报告一下这件事呢？你怎么看？”

“还是让我先找到她失踪的姐妹现在在哪儿吧。你知道的，谋杀案也是有时效的，我记得好像是二十年吧，但如果死者是她的话，那就已经过去三十年了。我不想让这事不了了之，也不想让罪人逍遥法外。”

“你怎么对这件事如此上心？”

“自然有我的原因。有些事我没和你说。因为你总是说我疯了，说我在说胡话，所以现在我要让你也参与进来。但你得先答应我，一定要保守秘密，不管发生什么事，你都不能把这件事告诉任何人，绝对不能。你能做到吗？”

“我有的选吗？”

露西娅一听完所有的故事与梦境，就立马跑到储藏室，掏出笔记本电脑开始查资料。在她的内心深处，她也相信一些事情，用她的话说，“现在还无法解释，不意味着它们不存在”。她们对玛丽亚的失踪一无所获。在那个没有互联网、没有地方报纸的时代，这种新闻如果不是因为有了惊人的发现或皆大欢喜的结局，值得在《案件消息》和《半月刊》上大肆报道一番的话，很快就会被其他新鲜事冲淡。幸运的是，姐妹俩拥有连接世界的强大工具，尽管她们没有找到玛丽亚的相关报道，但却知道了她的姓氏，也就知道了安娜的全名，而在她们这个时代，在社交网络上找到安娜并不困难。布鲁娜向安娜发送了好友申请，当晚，在被接受后，她打开了私聊对话框，借口说自己正在写一篇关于潟湖镇旧案要闻的文章。她也坦白了自己的身份，但还是觉得最好不要从一开始就告诉对方自己的意图，以免遇到应激反应或勾起往日的伤心事。同时，这也是为了不给对方还无法许诺的希望：自己有可能查错了方向。

就这样，布鲁娜得知，玛丽亚的家人在她失踪以后再也没有收到过她的消息，经过多年的挣扎，他们不得不选择相信最好的结果：她正过着自己选择的生活，而她的家人已被她抛在身后。否则，没有十字架、没有姓名的孤坟荒冢的恐怖想象必将成为他们一生的噩梦。

布鲁娜和安娜谈了好几个小时，她有一种天赋，可以深入别人的内心，让他们交出内心深处的东西。她就像一个熟练的记忆考古学家，获得了一些遗失在时间长河中的信息，一些就连安娜自己也记不起的信息。

“玛丽亚曾经有一本日记，”安娜说，“这是我送给她的生日礼物，封面上有一幅玛法达的漫画，她可迷季诺的《玛法达的世界》了，玛法达是她很喜欢的漫画人物。她和玛法达一样，都是这个世界的反叛者。我们俩相处得很好，玛丽亚是我姐姐，也是我的榜样。她当时有很多梦想：进城，学美术，听音乐会，穿自己想穿的衣服……她不适合待在小地方生活。她在学校和家里表现都不坏，但她的内心是渴望自由的。她在电视和报纸上看过外面的世界，而与此相比，镇子是那么落后，那么小。她背着母亲留过花哨的发型，还把青少年杂志上时髦的照片剪下来贴到本子上，上面的歌手穿着五颜六色的裤子、皮夹克和T恤，她就梦想着自己有一天也能买到这些东西。她整天背着随身听，感伤地唱着从收音机里录下来的流行歌曲。她羡慕那些住在城里、只在节假日或周末才到乡下去的男孩女孩，她把他们视为'从庸俗的牢笼里出逃的勇士'。真有趣，我现在还清楚地记得这些无稽之谈，却忘记了她的声音是什么样的——这个细节多么重要啊。有时，我试着在脑海中聆听她的声音，却只能听到她的笑声，永远听不到她说话。你可能还记得，村里的很多孩子都对城里孩子突然出现感到有些恼火，说什么这些城里人都自认为高人一等啊，都觉得他们是上流社会的上等人啊。但玛丽亚很喜欢和这些人来往，喜欢听他们讲在小镇外能做的各种趣事。那时候公交车还不多，而没有车就很难到外面去，所以她很喜欢听别人讲外面的世界，讲城里的生活。玛丽亚几乎会和我说任何事，我甚至知道她藏日记本的地方和放钥匙的小盒子都在哪里。当我发现她在写日记时，她会假装一本正经地说：安娜，你要守护好我的秘密，如果有一天我不在了，你一定要保管好我的日记，不能让别人看到。

“她没有回家的那个晚上，我以为她是去实现她的梦想了，虽然我不明白她为何会瞒着我离开，但我以为她很快就会给我寄信或打电话。好几个月来，我一直在等。后来，我开始怀疑是不是父母太生气了，所以没有把她寄来的信给我。你要知道，事情发生时我才十二岁，比她小三岁。他们没有告诉我太多情况，在我面前也会刻意避开这个话题，好像不去谈论这件事就不存在一样。父母都变了个人似的，两种可能的情况对他们来说都太过沉重：她要么出事了，要么她想和家人永久断绝关系。他们很爱她。我们都很爱她。这件事让我们心都碎了。”

“警察没找到她？”

“八十年代是个疯狂的年代，毒品泛滥，社会巨变。年轻人经常逃离传统家庭的压迫，寻找自由，警察就是这么说的。他们还向我父母询问玛丽亚是否吸毒，是否和不良分子混在一起，是否参与了打架斗殴。我偷听了问话，当然，我父母否定了所有这些可能性。玛丽亚确实有很多梦想，但我从没见她做过这些事。要是有，那她一定隐藏得很好，连我也瞒过了。”

“之后你就再也没有过她的消息了？一点线索都没有？”

“是的。警方进行了调查，但一无所获，没有任何结果。那段时间家里人都很难过。最后，调查结束了，父母在想尽一切办法，做了一切努力后，终于无计可施，开始了漫长的等待。在我们的生活中，希望和寻找她的努力让位于对她离去的悲伤和可怕的空虚，我们再也无法填补这种空虚。不久之后，我们搬到了另一个城市，因为我父亲换了工作，也因为我们无法忍受生活在回忆中。离开之前，我把日记从藏匿处拿出来带走了。多年后，我又搬到了柏林，这是我带在身边的两件遗物：这本日记，还有一张她的照片。”

“能让我看看照片吗？”

“稍等五分钟。”

安娜把照片靠近笔记本电脑的摄像头。

“这样看得清吗？”她问。

“很清楚。”布鲁娜的脊背上传来一阵触电的感觉，“听着，我想我有些事情要告诉你……”

[34] 会面

在山谷上方的悬崖之上，这个无人能见、无人能至的地方，阿莱尔注视着村庄，享受着黄昏时分狂热的生活节奏中蕴含的特殊的平静。

他不知道的是，这也是他曾祖父最喜欢的地方，在他年满三十三岁的那个晚上，他从曾祖父那里继承了现在长在他背上的这双翅膀。轻薄的膜质羽翼能够展开到合适的角度与宽度，在空中支撑他的体重，让他得以飞翔，而当羽翼收起，就能完美地隐藏在衣物之下。这对翅膀给了他珍贵的飞行天赋，却迫使他几个月来一直生活在一个秘密的囚笼之中，这个秘密太大，无法与任何人分享，再者，他觉得这个秘密会让他陷入爱情的孤独之中。

天快亮的时候，他重读了手中的信，那是他当天早上在信箱里发现的。信的笔迹他很熟悉，信封上的火漆印亦然：

要永远守护鹿女。

明天，去废弃工厂。

他一边用手指划过信封上起装饰作用的双翼浮雕纹样，一边试图解开这短短两句话的谜题。就在这时，世界在他下方突然亮起，那是明晃晃的街灯，像一只死而复苏的闪着光的毛毛虫。是时候离开了。

光来，光去，现实随之变换，这一点真令人着迷。光来时，一些建筑被点亮，其光晕黯淡了另一些；广场上的喷泉水披上了粼粼的外衣；被西沉的日影抹去的街道重焕生机、闪亮登场；所有的街灯同时亮起，吹响了夜班开始的号角。此时此刻，日头已晚，光已降临，即使早已无更夫打着梆子，报着时辰，居民们的心里也自会准时响起夜晚——女巫出动的时辰——来临前的金玉良言：“日头已下，游子归家。市井良民，备尔餐食，宴乐且寝。魑魅魍魉，奇人异士，夜猫幽魂，且出门来，饮酒作乐，穿林上梁；且居庭户，尽兴诗酒，足乐足食，纵情欢爱，尽兴浮生。”

阿莱尔张开翅膀，在夜色的掩护下准备降落。他在气流间滑行、嬉戏，几分钟后就到了小镇的入口。他约了布鲁娜共进晚餐，自从他回到镇上后，几乎每天都是这样，他将带着心中的另一个秘密出现在布鲁娜面前。他渴望能告诉她一切，但这样做显然并不明智。

他正想着，局外人迎了上来，向他道了晚安。他吓了一跳，心想也许是自己大意了，让人看到了自己会飞，但那人并没有提及他的翅膀，于是他又镇定下来，向局外人回礼：

“晚上好。”

“晚上也很热。”男人回答道。

“每年这个时候都是这样。我住在这里的时候就是这样。”

“住在这里的时候？也就是说，您离开这里一段时间后又搬回来了，还是只是回家看看？”

“搬回来了。我在这里出生，但很小的时候就搬走了。您呢，刚来这里吗？”

“正是，我是这片可爱的土地上新来的邻居。”

“欢迎。”

“也欢迎您返乡。”

阿莱尔伸出手，说出了自己的名字。当他接触到局外人的手时，他打了个寒战。

“您怎么称呼？”他问道。

“噢，叫我‘局外人’吧，大家都这么叫我，我也开始喜欢扮演这个新角色了。”

“好吧，如您所愿，局外人先生，您是要去镇子里吗？我有点赶时间。”

“我和您一起去吧，有人陪着，夜就不那么黑了。”

“既然您不喜欢黑夜，为何这么晚了还在郊区呢？”

“我散步兴起，忘了时间。如此美好的景致，很容易令人忘了一切。”

“还是小心为妙，在不熟悉的林区走夜路是很危险的。传说夜晚的森林里住着喜欢黑暗的邪恶生物，虽然传说里也说，森林里还住着保护人类的神祇。”

“我非常看重传说，也很相信传说。为了加强传说的威力，我将向仁慈的神明祷告。”

“听这口气，您几乎就是土生土长的本地人了。但请别太在意，这些只是传说，用来吓唬小孩子，防止他们在森林里迷路的。”

“真的吗？在我看来，此类传说中往往隐藏了许多真实。”

“谁知道呢？如果您待的时间够长，就会了解此间所有的传说。假以时日，想必您就能分辨出所有传说中现实和想象的部分都是哪些了。”

“我肯定会的。我已经迫不及待地想见到这些神明本人了。小镇就在前方，您的目的地到了。认识您很高兴，希望我们很快能再见面。”

“荣幸之至，局外人先生，祝您晚安。”

“您也是。好好享受夜晚的时光吧。在黑夜里，看不见的事物会显现自己的身影。别忘了飞翔……当然，我指的是您的想象力。”

阿莱尔深深地吸了一口气，看着那人走远。在按响布鲁娜的门铃之前，他花了好几分钟才放松了神经，厘清了思路。他产生出这样一个想法：也许这人就是密件的始作俑者。

[35] 无灵魂之物

那是极度寒冷之地。人类的贪婪和不法行为早已摧毁了这片土地的灵魂。而没有灵魂的东西是不会有温度的，而若是这种死魂灵的冷再遇上死亡的坚冰，那就更加没有一丝暖意了。

多年来，这家工厂一直为村里的许多妇女提供工作，但它的位置对于这样的建筑来说却很不寻常：它位于郊区的一个庄园之中，只能通过一条柏油公路到达，其上的沥青已经斑驳，勉强还能看出它全盛时期的光景。那时候，卡车运来的是一卷卷沉重的布匹、一件件皮革和一箱箱纽扣、拉链、线头，运走的是一车车满当当的成人服饰、童装，其中有许许多多的制服。那是小镇经济最好的时光。男人下地干活，女人则为马塔莫罗斯先生缝缝补补。那时候，餐桌上从来不缺面包，也不缺温饱之家常见的那些奢侈品。作为对雇主的报答，许多人不得不学会掩藏这样一种猜测，即他们的这个服装纺织厂其实建立在死亡与偷盗之上，发的是西班牙内战的国难财，而厂长从中斡旋，不但赚满了腰包，还讨得了荣誉。他们也不得不对一些事睁一只眼闭一只眼：厂长把那些最漂亮的打工妹叫去办公室，装作不小心实则是故意地打她们的屁股，走到缝纫机前检查工作的时候，说着煞有介事的话，发表着总是在唱高调的演说。六十年代末，公司的繁盛达到了顶峰，随后的十年里，公司开始翻新基础设施，但这些新设备并未物尽其用，只能作为死前回光返照的凭证，唱着衰落挽歌的序曲。到了八十年代中期，随着一些散发着陈腐气、被蛀虫占领的福利合同的到期，公司倒闭了，它不再是家族的主要生计，这个家族的生意网已经扩展到其他企业和产业。多年后，爬山虎和杂草长满了其间的所有主要通道，占领了围墙与栅栏，与大量黑莓的荆棘藤交织在一起，组成了一道坚不可摧的崖壁，挂满整个建筑物的外墙，并从一些破损的窗户中入侵。主建筑的正立面，曾是游客们参观小镇时的必去景点，塑像与雕花壮丽恢宏，而如今，那里却成了虫子、藤蔓和小广告的温床。这些东西杂乱无章地盖住了玻璃花窗的残片和残损的正立面和谐而匀称的雕纹，这些繁复的纹样曾与入口处笔直耸立的铁门形成鲜明的对比，而就是这扇高大的铁门，如今也已残破不堪，没有了门的形状。其实，就算门庭依旧，来访的人也已不再了：现今，几乎已经没有人会再从那里经过。马塔莫罗斯一家并不担心这个地方的现状，他们赚来的钱和从马塔莫罗斯夫人母家继承来的财产足以让这个曾经是他们家的标志和摇钱树的工厂保持原样。比起亲眼看到重要的东西落于他人之手，选择遗忘（若你还有这种能力）要容易得多。

在一片冰冷中，男人的身体依然温热，他怪异地摇摆着，紫色的舌头吐了出来。

阳光透过高高的窗户，将吊死的人的影子投射在废弃棚屋肮脏的地板上。这位身着黑衣、动作优雅如猫的女士一边颤抖着，一边迅速架起相机三脚架。她忍不住要捕捉这个卑鄙的人最后的影像，尤其是他的影子。这是难得的可以捕捉到死者的影子的机会。

有那么一瞬间，她觉得影子和身体并不相称。就好像影子一旦从躯体中解放出来，就开始享有自己的生命，而躯体仍然被生命之线束缚。她此前一直有着这样的假设，如今终于找到了实证：影子的绝对静止与躯体的不断摇摆形成了鲜明对比。在她看来，这影子简直就是故意停在那里不动，等她来看个清楚一般，此情此景让她觉得颇为讽刺。更糟糕的是，她知道自己已无法回头，她必须寻找更多的例证、更多的尸体、更多的死亡之影，拍摄下来，以确保万无一失。

她又从不同角度拍摄了尸体，以便对比观察死者影子的成像。她又忍不住录制了一段视频短片，但她的动机绝非重现恐怖。这一次，她的动机甚至不是为了实验，也不是为了艺术，而是为了满足她内心深处无法解释的另一种感觉。这种感觉与病态相去甚远，但却让她疯狂地不停论证着生命的反题：此情此景之下，她确信生命的反面会比死亡本身阴郁、可怖得多。

另一双眼睛正注视着厂房上层的隐秘之景。在这个小区域里，厂房被分为上下两层，用来容纳看得见主楼的几间办公室，这几间办公室只能通过金属楼梯前往。这双眼，是如猫头鹰一般，无所不知的眼。这双眼惯于对所知、所为、所见之事保持绝对的沉默。

还有更多只眼睛在看，死的眼，活的眼。

女孩也在那里，目睹着这一幕。终于，她亲眼见证了凶手的死亡。她笑了。

而在此之前，还发生了许多其他的事。在此之后亦是如此。

[36] 鸟瞰

阿莱尔躲在工厂屋顶，天窗的脏玻璃后，离绞刑架只有几米远。布鲁娜因死亡之舞而错愕时，他就在那里注视着她。他没想到她会来。此前，在横梁的阴影间、残破屋顶的遮蔽下，他在不被发现的情况下离开了——这并不困难。

他的脑海中闪过无数种感觉。它们相互撞击，激烈冲突。他的善恶观念被冲淡，失去了自我的一致性，被转化成另一个自己，并以更强大、更清晰的力量重新显形。他重复说着“他必须死”，试图说服自己，他的神经元中仍然纠缠着被世俗灌输的道德观念的残留，而这些碎片在涉及生命里的大问题时毫无用处。“决定一个人的生死是合理的吗？”他其实已经知晓答案，但还是不免疑虑加身。最终，他的血脉替他做了决定。

“我们有必要谈谈鲜血，谈谈生命和死亡，”突然出现在他身边的在者低声说道，“但不是今天。现在，你悄悄地走吧，不要让任何人知道你靠近过那具尸体。”

阿莱尔没有问，他不需要问。尽管受到了惊吓，但他还是意识到了那个搂着他肩膀跟他说话的人是谁。是的，他知道他是谁，但他不知道那人到底是何方神圣。他清楚地知道他是谁，因为这几乎是他每天在镜子里看到的同一张脸。这不可能，但又如此真实，许多事情都是如此。突然间，这个陌生的地方变成了避难所，变成了答案，变成了家。那人正是他最深的根，是与他真正的身份相联系的人。不死不灭、无限无期，这特质就像一件斗篷，披在他的肩上，让他害怕，又让他感到安全。自从他知道自己与众不同以来，他就一直在等待着遇见自己的庇护所，但同时他也意识到，自己与众不同，与那些逃避他的理解、通过神话传说的渠道溜走的事物不同，与那些成为现实的古老事物不同。他觉得自己和这个世界一样古老，但又和刚出生的孩子一样年轻。他知道，只要想到自己脉搏中的血液，他就有勇气行走在历史的长河之中。他感觉自己强大、辉煌。他是千年以来诞下的第一位神明，他开始意识到自己的力量。

他的回答很简洁，就像所有那些言简意赅、意味深长的话语一样：

“有太多……但确实，我该走了。她也要走了，我得确保她没事。你会再联系我吗？”

“我还得和你解释一些情况，比如为什么叫你来这里。”展翅飞翔的声音几乎微不可闻，他就像来时一样悄无声息地离开了。

片刻之后，阿莱尔远远地跟随着布鲁娜匆匆的脚步，并带着狡黠的微笑回忆起几个小时前的事。当时，那个男人一下车就冲上来问他是谁，又在那里做什么。而他回答道：

“我是‘没有人’，是奥德修斯的假名，是独眼巨人波吕斐摩斯的袭击者。抱歉，这样的俏皮话很有意思，我没忍住。门是开着的，我很好奇。我还以为这地方已经被遗弃了呢。”

“这块地是我的财产，篱笆确实不太完整了，但这里并不是无主之地。”男人用一种近乎不悦的语气回答道。

“对不起，我并不知道这一点，我只是在散步。”他说，声音平静。

“行吧，你知道就行了。”男人回道，声音明显有些慌乱。他怎么也想不到，这些话竟会成为他不是遗言的遗言。

[37] 橙黄的全视之眼

没有在凉爽的夏日清晨被森林唤醒过的人，不能充分理解重生的喜悦，也不会知道此时鸟儿的歌唱就像千百种声音煨制而成的浓汤，其间汩汩流淌着力量与和谐，就如砂锅里炖煮着的佛跳墙。这歌声蕴含着生机，蕴含着父母对子女的教诲，蕴含着一个有待探索的新世界，蕴含着惊喜、幸福和新的开始。听着鸟儿的和鸣，你的身体会不自觉地焕发出活力，一日之计也不会在阴郁中开始。在秋冬季节，这首曲子各个声部的强弱会发生变化：风的呼啸凸显了出来，让光秃秃的树枝随节奏摇曳，让树林掀起黄澄澄的裙摆，甚至让仙女们也翩翩起舞——如果寒冷还不那么强烈。黎明时分，鸟儿们的欢沁更烈，但唱腔仍十分谦卑；但倘若阳光明媚，给绿地上的水汽增添了闪亮的光泽，那么，它们便也会放弃克制的唱法，改为引吭高歌。

乌尔弗几乎每天清晨都这样醒来：森林之歌的合奏从窗外传入双耳，或者随着清晨第一缕阳光（初升的太阳照亮了花园这片私密的土地）抚摸他裸露在夜色与红日之间的肌肤——这取决于现在处于一年中的哪个季节。这是他生活中所必需的乐趣。

那天晚上，他又做了一个奇怪的梦。他醒来时就想到布鲁娜需要他，仿佛是森林本身在对他耳语。一种不祥的预感紧紧缠住他的脏腑，他觉得肠子像被打了一个结，让他一阵恶心。过了好一会儿，他才敢相信自己的感觉是真实的，于是再也不能忍受，开始不顾一切地去寻找她。他喉咙里充满了渴望，心脏剧烈地跳动，几乎听不见其他任何声音。如果她身处险境，他一定要确保她平安无事。

他来到她家门口，听到她在院墙另一侧接打电话。隔着几米的距离，他听不到对话内容，但这声音足以令他安心，这至少证明她还没事。于是，他决定先喘口气再按门铃，以免吓着她。而森林，几乎无所不在的森林，此时也一直在侧耳倾听。此前，森林还听见了她给那个号码打去的第一通电话。她边说边走，就在门廊附近，隔着栅栏上密不透风的常春藤，没有看到他。然后他听到了确认约见的话语："别忘了。你今天必须到工厂赴约，否则我就把你的秘密告诉所有人。"几分钟后，敲门声响起。

"你好，噢，是乌尔弗啊。你在这儿干什么？今天不上班吗？"

"不上，我今天休息。"

"你这个时候来，不事先说一声，也没带吉事果当早餐，你觉得合适吗？"她是笑着说这话的，但笑容掩盖不了她脸上的隐忧。

"我带你去外面吃，怎么样？"他答道。这样他就有时间套她的话了。

"好的，完美。"她答道。有个人陪她一会儿也好，这样她就能尽量平静下来，为几小时后的事做好准备。

吃完早餐后，他提议两人共度一天，但她以当天下午已经约了未名为借口拒绝了他的提议。她不喜欢对他撒谎，但她也不希望别人为了自己的决定铤而走险，她已下定决心要独自前往，再说了，这件事或许从头到尾只是一场误会。没错，她绝不会让别人去冒险。她不知道自己做得对不对。

其实，不管她怎么说，男人都一刻也不想让她离开自己的视线，尤其是做了那个梦以后。

所以，既然他知道她真正要去的地方，他就不妨先行一步，提早过去做些准备。

工厂里，女人一袭黑衣，如影如魅，凝视着阴邪场景里在半空中舞动着的男人。一切恍若梦中。她——他们——难以接受所经历的一切。沉默不语的男人，躲在角落里，琥珀色的眼睛充满警觉。他不想让她看到自己。在这个阴暗的角落，他突然意识到，他对她的爱超越了恋人之情爱。他爱她，如同爱生命所给予的一切。无论发生什么，无论如何，他都会永远爱她。他们之间有一种无形的纽带，如丝线般将二人系在一起，无论有无肌肤之亲。他早就下定了决心，要不惜一切代价将她守护。

即使是罪有应得的死亡，也会给人留下深刻印象。他们都看着死者，从不同的角度。两人都没有看到，另外的那几只眼是怎样注视着布鲁娜。此时此刻，是谁做的、怎么死的、为什么会死，这些问题都不重要了。在不可挽回的、庄严的宿命感的笼罩下，一切都变得无足轻重。死亡淹没了一切，让时间静止，如同一场雪，以洁白与寒冷迟缓了整个世界。是的，寒冷。这个词在他们——她和他——的脑海中同时浮现，虽然二人都未见过下雪。此时虽是盛夏，但此间却是肆虐的严寒。这是一种从理智的裂隙中悄然潜入的寒冷，冻结身体，摧残感官，甚至让恐惧也变得麻木。

她把坏影子藏在相机里。准确地说，是坏影子的照片。真正的恶影已经逃走。但现在他们都知道童谣是真的了：

孩子，孩子，逃离坏的影子

孩子，孩子，做个好的孩子

影子，影子，从树林里来了

听话，听话，否则在你床下

她拿起摄影器材，向门口走去。乌尔弗神不知鬼不觉地紧随其后，跟着她一路走回她家门口，两人都被空中的漫步者偷偷地注视着。然后，男人离开。她已脱离危险。

在花园围栏的另一侧，更靠近室内的地方，就在她家的围墙后面，布鲁娜把手机调到匿名拨号模式，给派出所打了通电话："马塔莫罗斯老工厂里死了一个人。"她只说了这一句就挂断了。她冲进浴室，打开喷头，忘记了自我，任由热水弄皱皮肤。她哭了起来。"已经没事了，他死了，一切都结束了，这才是最重要的，她现在可以安息了……"她口中喃喃地重复着这几句话，好似念诵着咒语一般。

[38] 结束即开始

壁虎在阳光下。世界凝滞在暴风雨前的平静中。周围一片寂静。未名不了解详情，但能凭直觉断言。布鲁娜没有告诉她自己给马塔莫罗斯打了电话。她只是说："我应该知道是谁了，有进展了再和你说吧。"她不想把她最好的朋友也牵扯进来。她也没有告诉露西娅。她不能让她们遇到任何意外。只有远在柏林的安娜知道她下一步的计划。

"今天我很开心。其实，从早上开始我就一直很难过，因为夏天就要结束了，他们就要回家了，一切又会变得很无聊。但当从广场上走过去的时候，我发现马塔莫罗斯家的儿子又在盯着我看了，他还对我微笑。我突然心情就好了起来，心里喝了蜜酒一般甜。我想，他喜欢我。他一直是个有点奇怪的男孩，朋友很少，但我喜欢他凌乱的头发，也喜欢他的眼睛。很快他就会有一辆车了，因为我见过他父亲坐在副驾上教他开车。他肯定很快就能拿到驾照，之后家里就会给他买一辆车。真希望有一天他能约我出去，开着他的车，带我去哪里都好。幸好有你，亲爱的日记，写出来感觉好多了。”

玛丽亚的妹妹在布鲁娜把她知道的一切，以及拾骨者在梦中看到的一切告诉她之后，翻看了日记，她在那一页还有其他几处都发现了“马塔莫罗斯”这个姓氏，这似乎是一条可以抓住的线索，一种微小的可能性。二人共同决定，为了证实这一猜测，她们可以给那人下个套，反正这样做不会有任何损失。安娜让布鲁娜保证，她只待在安全的地方观察，用她藏好的相机记录下现场的情况，如果马塔莫罗斯出现了，那就说明他很可能有罪，她们就马上去找国民警卫队的警察报案。

联系上这位著名的律师并不难。

对布鲁娜来说，下定这样的决心也很容易：她绝不会让他逍遥法外，哪怕他的罪行已过追诉期。

而这一点，她没有告诉任何人。

当布鲁娜第一次注视着那双已经熄灭的眼睛，当确定凶手的死亡是真实的时，将她们俩结合在一起的命运的丝线就发生了颤抖。未名凭直觉知道，出事了，但无论给布鲁娜打多少次电话都没人接。过了一会儿，她实在受不了紧张和担忧，火急火燎地赶到好朋友家，终于看到了安然无恙的布鲁娜。她刚洗过澡，从里到外都焕然一新。未名扑向她的怀抱，甚至没来得及先打声招呼。她又哭了起来，但现在，在好朋友的怀抱中，她感觉好多了。“好了，好了，未名，他已经死了。她可以安息了。”未名一直视社会规范为无物，而只凭着内心的直觉行事。她并不关心那个男人是怎么死的，是谁杀的，又或是自己的朋友有没有杀人。她并不急着询问这些细节。对她而言，最重要的是：布鲁娜安然无恙，凶手不会再杀更多人，一个早逝的少女完成了复仇。她说：“我们去餐馆吧，布鲁娜，我们需要露西娅给我们做几碗她的‘幸福饮品’。”布鲁娜点点头，由着未名把自己拉走。她也得和露西娅说说今天发生的事，但要晚一点再说。她现在不想去想这件事，也不想去想任何和这一天的经历相关的事。她急需分散自己的注意力，这样才好腾出精力来，好好消化另一件如此令她震惊的事情，一个将永远与她相伴的真相。

[39] 暗夜追寻者

如果说有什么永恒不变的真理的话，那就是黑夜之后，黎明降临，新的一天开始。布鲁娜在工厂的那件事之后，独自穿过了一整个黎明，拖着沉重的步子沿街走回了家。尽管未名为了不让她独自过夜，强迫她在自己家里留宿，但她还是辗转反侧，彻夜难眠。伴随着第一缕曙光，她决定出去走走，试图平复一下烦躁不安的心绪。

和往常一样，局外人似乎是凭空出现的，这次是在一条非常狭窄的小巷的明暗交界处，小巷的尽头是一个几乎没人使用的地狱的阶梯。就连布鲁娜自己也不知道是怎么走到这里来的。

“早上好，雷霆之女，怎么起这么早？”

“您知道的，失眠。一直躺在床上也没有一丝睡意，所以我想，不如还是出去享受一下这凉爽的早晨。我一直觉得初夏的清晨非常惬意，但像我这样的夜猫子，很难在没有借口的情况下自发产生早起去享受清晨的意愿，我不知道这样说您能不能懂。噢，您衣服上有只虫子。”

男人摸了摸胸口，用手摸出了一个黑色的小东西。

“嘿，看呐，这是什么？啊，没错了，一只刁蛮任性的拟步行虫科甲虫。别装死，我的小朋友，这样可不好。你闻过有的甲虫发出的那种死一般的气味吗？它们有个坏习惯，一被打扰就会释放臭气。”

“别碰它，也别让它靠近我。我现在没心情闻什么‘死一般的气味’。”

“出什么事了吗，亲爱的？”

“不，没什么，我只是还没喝第一杯咖啡而已。在喝第一杯咖啡之前，我没有心情去闻难闻的味道，也没心情做任何其他事。”

“连陪朋友散散步的心情都没有？也许你需要陪伴，而我也需要有人聊聊天。”

“也许吧，那我们走吧。跟我说说您在村子里的经历吧，在这里过得怎么样？”

“无法否认，这个地方给了我很多机会去做我喜欢的事情。这个小镇美得像艺术品，我渐渐了解此处的居民，此间的历史，此中的事实。”

“您觉得我们很有趣吗？”

“是的，你是我在这里最喜欢的人之一，但还有很多其他的人和事。比如，昨天我在树林里散步时清楚地听到了鹿的叫声，这可不是经常能听到的。虽然我不是很懂，但它的声音似乎很有力量，非比寻常，恐怕只有巨型的个体才能发出这样的声音。事实上，在我看来，鹿一直都是一种很神秘的动物，自人类诞生以来，它们在众多不同文化的信仰中都扮演着重要的角色，这绝非偶然。我曾有机会在法国东南部和西班牙北部的一些旧石器时代洞穴中欣赏到它们的形象，也曾在不同的出版物中读到过关于它们的介绍。事实上，这一点十分令人好奇。佩戴鹿的标志或图腾的行为，固然可能与食用鹿肉有关，但更让我联想到萨满或某种同类型的宗教领袖。还有北美关于神秘鹿女的传说……这一切难道不都有着某种关联吗？”

“您又在发表一些奇怪的理论了。能听到鹿的叫声并不奇怪，潟湖镇从古老的中世纪至今一直都有这条律法，严禁打猎。几个世纪以来，这里的人们一直很喜欢鹿和其他动物，所以这里不欢迎猎人。你不知道我有多自豪，因为这一点从未改变过。总之，我不得不承认，和您的谈话总能激发起我的想象力，让我的思绪曲径通幽——那虬结的去处也是最舒坦的去处，我很喜欢。倒不是说我真的需要在这方面得到引导，但有时和您一起走在路上的感觉真好。此外，要是两人都离题万里，但是还能聊下去，那往往说明这话题会是遥远的未来于此刻的某种投影。”

“我也是这么想的。”

“巧合吗？还是读心术？我可还记得熊蜂迷思的事……”

“哈哈，你总是给人以威压，雷霆之女。请让我最后补充一句，你知道你有一双美丽的雌鹿的双眼吗？那焦糖色，那种形状！”

“您有扰乱人心的力量。我现在太累了，跟不上您的节奏，我想是时候回家了，趁我们还未走远，趁着现在还不算太晚，好好睡一觉。也许散完步，我就能睡着了。”

“见到你总是很高兴，希望你能好好休息。记住，不要为了已发生之事担忧，因为那事情是为了好的结果。从古至今，诸神一直在干预人类的命运，他们一般不会出错。”

“谢谢您……或许吧。您有时候真的吓到我了。不过，我还是希望能很快再见。”

回到家后，布鲁娜躺倒在床，她的脑袋变成了一个深渊，能够淹没任何理智与思维。

[40] 返回故居

不可撤换的决定有时会永远改变行动的本质。马塔莫罗斯关闭了父亲的房子，把它变成了一个不幸妓女的孤冢。那天，他暗自起誓，再也不会踏入父亲的旧宅，但也正是这一决定让他必须再次出现在那里。

自从他把玛丽亚抱在怀里（他不愿以另一种角度审视当年之事）到现在已经过去了三十年之久。三十年前，他对自己的所作所为感到困惑，在狂笑不止与紧张不安中，他把玛丽亚的尸体遗弃在那里，那是宿命的夜晚裹挟着她前往的地方。他经常梦见那一天。在几个小时的时间里，他们是一对热恋中的情侣，在单独相处的第一天，手牵手走在一起，寻找一个离村庄足够远的地方纵情亲吻，远离人群的非议。他自尊心极强，大脑中烙印着胜利者的那种满足感；她沉醉于爱河，还被某种有着充满异域情调的名字和甜烈的味道的饮料激荡了心神。他们是快乐而缺乏安全感的二人，在离地一拃高的地方几乎飘飘欲仙。没有任何迹象表明，他们很快就会成为凶手和被害人。

但在森林里，有好事也有坏事。有时，坏的也会占上风。尤其是这些恶的实体多年前就在宿主身上安营扎寨，在沉默中汲取了力量，一点点地养活了自己的时候。

多年来，他第一次感觉这么好。他得到了他想要的，那晚的一切似乎都很美好。亲吻，爱抚，刚确立关系的恋人的喁喁耳语，共同规划着幸福美满的未来。故事似乎要走向大团圆结局，而这时，野兽开始失控，想要更多。她拒绝把贞操献给他，因为进展得太快了，因为她还没准备好，因为她还太年轻，因为他们的关系才刚刚开始，而他们身处的是那个时代。阿尔弗雷多本来可以表示理解，因为这很正常，这个时代人们普遍的观念就是如此；但他无法控制另一个阿尔弗雷多，他是他自己，同时又不是他自己，他被自己的阴暗面所征服，变成了一个无所不能的猎人。他玷污了他的猎物，夺走了她的生命，因为要是一个猎人足够强大，那他就有权对猎物为所欲为。当他这样做的时候，他感到自己无比强大、伟岸，他成了能够主宰生死的神明，处在自我力量的巅峰。在他眼中，她不再是她，而变成了一具肉体，他从中啜饮肉欲的快感与作为其主宰的荣耀。野兽饥渴难耐，以数百年的渴望紧紧抓住女孩的生命，用流着涎水的牙齿将她撕碎。它把灵魂从躯体上撕下，让肉体空空如也，像个没有了花的花瓶。女孩的身体褪去了生命的活力，变成了一具空壳，就像一只渴望生长的鸣蜩委身又遗弃的蝉蜕。随后，阿尔弗雷多陷入了对自己所作所为的恐惧之中。那是无法回头的恐惧，意识到她再也不会活着的恐惧，看到自己现在的样子时的恐惧，不知道何去何从的恐惧。

他不忍直视自己愤怒过后的废墟。他从来不会承担自己的罪责。怒气一过，他就会逃走，避免经过他曾丢弃过战利品的地方。但这次不是动物，如果被发现，他将付出代价。邪恶的他可不想这么快就结束这场游戏。他不忍心看着母亲的脸，从她的眼睛里读出一个母亲生下怪物的那种悲哀，也不忍心看到父亲在对他说话时，因为自己没能

“像个男人一样”解决好一切而恨铁不成钢的神情。

于是，他拖着颤抖的身体，流着未干的眼泪，把尸体扔进了河床。此时正值丰水期，溪水十分充沛，但就在这个紧要关头，河床上的树枝、藤蔓与百年松树的根须交织在了一起，形成了一个小小的堤坝，兜住了玛丽亚，几乎将她完全藏在了茂盛植被的保护伞中。

她停留在了那里，伤口被缓缓的流水冲洗，脸色苍白，葬于繁花之中，就像米莱斯画中的奥菲莉娅——虽然牙齿少了几颗，衣冠也已残破不整。

女孩的灵体，她真正的实存，从那肉身的逆旅中升起，飘浮于不再能打湿她的水面之上，从痛苦的牢笼中彻底解脱：她成为现在的样子。她一直等，一直等，可她的家里人却以为她已远走高飞，如同那些叛逆、渴望城市生活的女孩儿。

岁月流逝。

有一天，她的尸骨被人找到，马塔莫罗斯也知晓了此事，虽然镇子里已经几乎没有人认识他，也不会再有人把这个消息告诉他，但现在这个时代，所有消息都传播得很快。于是，他知道自己别无选择，只能回去收拾他留在父母家的东西，以防警察根据任何可能的线索找上门去。他清楚地知道，三十年的时间对于任何一项罪行的指控都是很长的。但如果他们发现了任何有力的证据，或者还未确定遗骸的日期就先查上门来，那也许他们就会开始进一步的调查，而他不记得自己是否留下了任何蛛丝马迹，不记得自己是否弄丢过写有自己姓名缩写的铭牌和那个基督形象的挂饰（这是他父亲在孩提时代起就强迫他戴在身上的）：有可能是在缠斗中弄丢的，也可能是第二天在把带血的衣物拿到垃圾场烧掉时弄丢的，也可能是在其他任何时间或地点弄丢的。事实上，直到一段时间之后，母亲问他脱下来的衣服哪儿去了的时候，他才意识到这一点。如果他在案发现场把它弄丢了，如果警察碰巧找到了这些东西，如果他们查到了自己身上，或许他仍然可以编造一些借口，谎称自己是在一段时间之前把东西给了她，或者说自己把东西弄丢了，是她找到了也不一定。虽然说这种借口很难让人信服，但如果没有其他确证，或许也还是能帮他脱罪的。但是，如果他们搜查了他的家，在墙壁的间隙里发现了那些刚产生不久的铁证，那这些借口就都没用了。

还有最让他担心的事情，这件事让他好几天合不了眼：他接到了一通匿名电话，约他某天夜晚在父亲废弃的工厂相见。

“我知道你的秘密，我知道你做了什么。”这是他从电话那头听到的第一句话。在女孩的尸骨被发现后不久，这个电话就打来了：这不可能是巧合。他浑身发抖。

[41] 吊颈游戏

“‘马塔莫罗斯老工厂里死了一个人。’报案人只说了这么一句话，别的什么也没说？……”国民警卫队警署指挥官略显焦急地看着戈列罗长官。他不太清楚在这种情况下应该遵循什么程序。在一个从未发生过任何案件的村子里生活了太多年，当事情突然变得复杂时，他无法迅速做出决断。也许一个人的死与另一个人的死毫无关系，但司法警官亲自到场，现在就在自己的办公室内等候答复，这种情况下再按章程给总部打电话请求批示似乎不太合乎情理，“也许二者并无关联，但是……”

“我们马上就去，”戈列罗喊道，“我会在路上给上头打报告的。工厂远吗？”

“很近，就在城郊的一个农场里，五分钟就能到。”

“好，这样的话，我们先去看看情况，之后再打电话。走吧。”

几分钟后，警长紧张地走过老工厂裂开的地板，一只手拿着手机，另一只手焦躁不安地摆来摆去，他的八字胡须也像这只手一样动来动去。他边走边把每一处细节尽收眼底。“我是戈列罗，对，对，我知道你知道，我给你打过电话。听好了，我在潟湖镇，发现了一具吊死的尸体。对，就在我眼前。不，还不知道是否与此案有关，但不能排除这个可能。你尽快给我接法官和法医过来。有可能是自杀，但检查之后才能确定。对了，现在天很黑，工厂也没电，让他们带照明设备来。”

下一个电话是打给他的得力助手的：“萨拉贝里，你务必马上到马塔莫罗斯的老工厂来一趟。叫上一个探员和你一起来。有个人吊死在了工厂里，我需要你查一下。”

过了一会儿，只见戈列罗在仓库外面走了一圈，手里还是拿着电话，这回是上级领导打来的：“是的，还不清楚具体细节，但可能与另一起案件有关，我有这种直觉。是这样，我想，至少目前来看，我们最好还是暂时先自己来处理这个案子。好，好，那就这么办，一有消息我就给你回电。”

与此同时，指挥官借着手电筒的光仔细看了看尸体，然后咽了口唾沫。肿胀的脖子、从死人嘴唇间伸出的像软体动物一样又粗又黏的舌头、不自然的蓝色冰层，这些都让人看了很不舒服。但最糟糕的，也是真正让他感到恐惧的，是尸体舞动时房梁与绳索摩擦发出的咯吱声，这声音与空旷的脚步回声一起，打破了工厂肃穆的寂静。还有那双眼睛——睁得大大的——似是而非地盯着他看，就像提线木偶的双眼。他也忍不住盯着那可怖的、无生命的双眼，好像被其所代表的深渊催眠，乃至暂时忘却了恶心与恐惧。他还不习惯尸体。

二十分钟后，萨拉贝里检查了尸体。她似乎没有因为有一个被吊死的人而感到不安，即使是在一栋废弃的建筑里，而且还是在手电筒的光束下。指挥官坐在离尸体有一段距离的几个箱子上，看着她分析。当没人看着他的时候，他就捂住耳朵。他终于能尽可能地移开视线，躲避那死寂的目光，但那该死的声音依然存在，就像儿时家中花园里的秋千在无人坐着的情况下依然会发出的响动一般，他已经分辨不清那声音到底是刻在了他脑海中，还是真实存在。

一行人往里走。女人表面上镇定自若，胃里其实已经翻江倒海，但她并未表现出来。这并不是因为她看到了一具尸体（在她的工作中，这样的事情比比皆是），而是她特别不喜欢被吊死的人，尤其是被吊死的男人，更别说还伸着舌头。有时，她似乎能从那个吊死的男人的脸上看到和那个目光呆滞且疯癫的男人脸上一样的嘲弄，那男人隔着玻璃看着她，恶心地用舌头舔着自己的嘴唇，絮絮叨叨地说着因为隔着玻璃所以听不见的猥亵的话语。她当时只有十二岁，而那个男人的裤子里鼓鼓的，就像被吊死的那人一样。

她压抑着向人形钟摆脚下沾满地板的液体吐口水的冲动，虽然她还不知道那人是谁，做了什么。也许那人不值得唾弃。再说，她有自己的职业操守。这么想着，她最后看了一眼尸体，向工厂大门走去。警长正在那里抽烟，等待着小组其他成员赶来。

人很快来齐了。

几分钟后，工厂就已不再是几乎空无一人。

仪式开始。法官和他的随从接管了尸体。指挥官几乎只是提供了精神支持，并没有直接参与这场游戏：这只是他第二次看见尸体并见证检验现场的过程。他想，暴力案件或不明事件中的死亡有着两个死后的过程：首先是广义的“食腐”的过程，我们大可以把法医和鉴识人员的部分工作囊括在内，这部分流程会不可避免地破坏尸体的完整性，搅扰死者的安息，就像肉食动物常做的那样，其目的是昭雪而非入殓；然后是“正常”的过程，不妨把细菌、昆虫和蛆的干预归为此类，其目的是让死者得享平静与安息。如果你曾在田野里看到过食草动物的尸体，就很容易做出推论了，数以百万计的蛆在尸体的肋骨间蠕动，从眼窝里钻出来，挥舞着羊皮纸一样已经几乎干瘪的皮，伪装出不祥的生机。然后，他想到了那个逝去的女孩，那是他亲眼看见的第一具尸体。他想到了她的尸体是如何在露天的环境下腐烂，还想到幸好大自然中还有生物愿意以她的肉为食。他又忽然想到，幸好自己看到的已是一具白骨，要是其上还有腐肉残肢，那他想必无法忍受这种不堪与狼狈：自己必须直视这一死亡过程，还要在不得已的情况下，用目光窥探一个如此无辜之人的最后的隐私。他自言自语地说着，腐烂的过程也具有私密性，又问自己是不是入错了行，是否真的准备好直面这个世界的残酷。

他听着（因为没法不听）现场勘察的每一个细节，听着各种对调查的假设，听着试图捕捉每一处细节的搜查人员按动快门的咔嚓声。于是，他不经意间学到了许多东西，知晓了为了解案情，需要关注绳子打结的方式和悬挂点，需要观察绳索穿透肉体时划出的沟槽深度、舌头的受损状况、眼球上的瘀斑，还需要看到尸体上的蓝色冰层对判定死亡时间的决定作用，以及其他许多千头万绪的事。

一切似乎都指向自杀，但他们必须彻底调查，以防万一。

几个小时过去了，他们还在那里。直到阳光透过窗户照进来，打破了掩藏细节的阴影，他们才发现有人用炭笔在墙上一个明显难以够到的地方涂画了一行字，这是可怕而多余（因为尸体的身份已被记录在案）的、名为“上吊的人”的儿童猜词游戏的一部分：

A _ _ _ _ _ O M_ _ _ _ _ _ _ S, ASESINO

（阿□□□多·马□□□斯，杀人犯）

正当他们准备带齐所有阴森的证物离开，去进行下一步调查时，这一新发现完全扭转了局势：起初，几乎所有人都理所当然地认为这是一起自杀事件，现在看来，未必如此了。短短一行字改变了整个调查的思路：现在，必须彻查此案。再没有什么比这种不合常理的神秘元素更能引起普罗大众对罪案的关注了。

[42] 显影

几天过去了。布鲁娜正在花园里看书。一股夏末的湿冷侵袭了她的身体，让她的心好似患了风湿一般痛不欲生。前一天晚上，她彻夜未眠，在痛苦中重塑自我，默默地写着一封信，一封无字天书。她无法集中精神。她反复咀嚼着一种渴望，渴望某双眼睛的光芒能扫除她曾经的一切、她现在的一切、到此刻为止她所做过的一切，渴望那目光能把她烧成灰烬，让她涅槃。几天后，她才意识到，正是因为自己曾离死亡那么近，所以才能得以重生，才能在重生以后变得如此敏感，仿佛她的心就在体表之外。尽情宣泄之后，她又像凤凰或体内蕴藏着风暴之力的人一样重新振作起来。她像一个新生儿，大张着嘴，贪婪地呼吸着新鲜空气。

一架轻型飞机划过天空，她希望那是他的飞机。飞机的轰鸣把她和那个听到飞机引擎声就跑进花园的少女联系在了一起。女孩朝着天空挥舞着手臂，想象着那位飞行员看到了自己，想象着这么多年来，飞机每次飞过她的小小世界，自己总是打着招呼，期盼那人的回应，想象着他确实看见了她在招手，而作为回礼，他在她无比熟悉的飞行路线上做了个俏皮的小小改动。那一刻，尽管绝无可能，但她还是竭尽全力地希望，那就是平时的那个他，那个总是从天空中给她带来信息的飞行员，她如此希望他能看到自己挥舞着的手。她哭了，哭得很伤心。哭到失去了意识，完全沉浸在了这个时空之外的梦境当中，直至从自己的躯体里完全逃离。

“你知道玛丽·雪莱用绸布包裹着丈夫珀西的心脏，直到生命的最后一刻吗？”电话的另一端，阿莱尔能从她的声音中听出泪水与睡梦的痕迹。“她把他保管在身边，整整三十年！这就是爱！见鬼，特里劳尼把它从火堆里捞了出来（火堆里只剩下灰烬、头骨的残骸和这颗无法燃烧的心！），然后转交给了她。有人说，起初他想留着这颗心，但到底最后还是把它交给了雪莱。是什么让这颗心激发了如此多的爱，让它能抵挡烈火？除了爱，还有什么能让一颗心在火焰里也不湮灭，在烧尽了身体其他部分的烈火里？除了爱，还有什么能让一个女人将丈夫的心留存到死呢？”

“布鲁娜……你还好吗？特里劳尼是谁？”阿莱尔忧心忡忡地听着她紧张而急促的絮语，准备马上去找她，“我现在过去。”

他发现她蜷缩在门廊内的一把扶手椅上，身上裹着一条毯子，手里端着一杯咖啡，眼里布满血丝。她赤着脚，衣衫不整，脚上沾满了烂泥与青苔。

“你疯了，不穿鞋干什么？会感冒的。”

“我需要感受大地，呼吸潮湿的空气，让寒冷伤害我的肌理，我已经死了！死透了！多年来，我一直是一具尸体，一具可以呼吸，可以用脚在世间滑行，但却没有生命的东西，你明白吗？我是行尸走肉，甚至不会腐烂！”

他一边听着她说下去，一边用手拍掉了她脚上的泥，然后用毯子的一头裹住她的脚。然后，他在她旁边坐下，让她靠着自己，用胳臂环绕着她。没人能比他更懂拥抱，她每次都这么想。的确，所有怀抱都不如他的那样热切、有力，那样让她的肉体和灵魂难以忘怀。只有他一人。

“冷静下来，放松，深呼吸，不要想这种事情。”

他呼吸着发丝间传来的香甜，那味道里似乎同时隐藏着某种奇异、愉悦、能勾起人回忆的细微的神韵，这种气息也从她的身体里散发出来，并在他的脑海中滋生，直至完全充斥他的神智，让他无法清晰地思考。他的感官中充满了：童年、回忆、自然、水体、花朵、森林、被咬破的嘴唇和擦伤的膝盖上的血迹、池塘里泥土的味道和雨后的大地的气息、下午茶时抹着巧克力榛子酱的面包和夏天电影院里红色甘草糖的味道，还有青春的味道，情欲的味道，初吻时尝到的唾液的味道。她的脸越来越近，开始主宰了他的世界。在那一刻，她就是一切，是他所根植的所有土壤。是他的起点，也是他的终点。是他的家园，他的水与渴。她是风暴，他的风暴，疯狂地放电，直至电子稀释为无边的平静。一种未知的感觉侵袭了他。现在，他是在自己内心的最深处、存在的最本源感受到了：爱。现在，他终于分辨出了隐藏在她体内的味道，那种甜味之下的味道：臭氧，与潮湿的大地。

那一瞬间，他知道他的爱是真的，他会不惜一切代价保护她。

“我爱你，布鲁娜。”他不假思索地说。

“我害怕，”她说着，又靠得近了一些，“你爱我？你真的爱我吗？ 你不懂，爱不是那么随便的东西，不是习惯，不是合适，不是慰藉，不是友情，不是性……爱是感觉到自己是另一个人的一部分，感觉到二人融为一体。别说你爱我，除非你将咬噬我的心，除非当我的心脏离开了身体，你也想把它带在身边整整三十年。否则，我绝不同意。”

“我爱你。”

“那你会保管我的心吗？”

“我爱你，哪怕你有些疯狂。至于你的心，会的，我会把你的心当作宝石一样珍藏，如果真的发生了这种不幸的话。好了，快去洗个澡吧，你现在整个人简直一团糟。洗完澡我们出去吃点东西，然后再回来把你吃掉，里里外外吃个干净！但每一口都要小心翼翼，就像恋爱中的——大恶龙！”

他虽是半开玩笑地说了这番话，但说罢也已双膝发软，软如羊毛。他不知道，坦白自己拥有神话生物的翅膀会不会比坦白自己的爱意更加困难。

“你知道吗？”她回答道，“这个世界充满了魔法，充满了‘正常之物’的反面。这所谓的正常让我恐惧。或许有一天，我将不得不告诉你一些可能会吓坏你的事，但我拒绝对这个世界上的奇异生物视而不见，拒绝对那些不成文的律法视而不见。某些十分古老的东西，某些不为人知的东西，还有那些只有一部分人知道但却守口如瓶的东西：它们确实存在。我会告诉你我所知道的，告诉你我的眼所看到的另一个世界，告诉你我的秘密；但不是现在，我不想这么快就吓到你。”

“真的吗？我迫不及待想听你说。”阿莱尔热切地回应，同时默默地感谢自己接受的馈赠。

“我也爱你，阿莱尔，但我不懂有所隐瞒的爱情，我是用怪物的爱去爱，用最纯粹的爱、没有退路的爱去爱你。我对你的爱发乎本心，发乎大地和根须，发乎萦绕你我的风声。因为也许你不知道，生活把你带到了我身边，是因为必将如此，因为不可能有其他可能。我迄今为止的人生，我迄今为止所经历的一切，让我懂得，我之前所有的关系都只是一种训练，好让我在你再次来到我身边时认出你来。因为自从我们再次相见，我就迫不及待地想见到你，想呼吸你的呼吸，常伴你左右。当我看着你时，我默默无语，那是因为我从你的眼中看见了最真实的自己，那正是被你爱意的滤镜过滤后，我本初的模样。我听见我的心在呼唤你的名字，我看见自己的梦正与你相连，我感到你正在我的字里行间、在我的每一条神经突触中缠绕，感到你我的联系越来越紧密。我不在乎你是否以为我疯了，再也不会了，因为我生命中从未像此刻一般如此坚定，如此确信。”

几个小时后，布鲁娜和阿莱尔睡在了男主人曾祖父母石屋内的大床上。他紧紧地搂着她的背，两人靠得如此之近，似乎融为了一体。他的翅膀，在她眼里已不再是秘密，而是某种赤裸的、奇妙的东西。她闭着眼，因此看不见它们，而他却看见了：从雷霆的轨迹中放射出的光的触须，随着二人身体的结合，焕发出比以往任何时候都更赤红的光。红色的光之触手将他环绕，俏皮地沿着装饰在男人身体上的纹样，精准无误地轻抚、摸索，似乎终于找到了完美的栖居之地。

[43] 母亲就是母亲

任何母亲都不应该比自己的孩子活得更长，而假若她不幸长寿，那心中就只会充满更多的痛苦与愧疚。

玛丽亚·萨尔瓦多拉·拉莫斯出生于 1925 年，17 岁时嫁给了堂·塞巴斯蒂安·马塔莫罗斯，一个留着小胡子的男人。她并不爱他。在她漫长的一生中，她不记得自己曾经体味过幸福。不过，从儿子阿尔弗雷多出生到她开始发现他脑袋里住着某种恶魔的那段时间里，她倒是曾看见过幸福的曙光。在那些日子里，一直想要但总无结果的、几乎如同奇迹一般在夫妇俩早就放弃希望的时候出生的这个小男孩，占据了她的大部分时间，也让她远离了大男子主义的、不忠的丈夫的责备。男人对妻子的定义，就是一个以操持家务为本分，以照顾自己为守则，在自己有心情行使丈夫的权利时随叫随到，还能为他生儿育女的角色。对于一个颇有眼界，热衷在书本中寻找世界之窗的女孩来说，这样的生活简直是一地鸡毛。结婚后，她唯一能读的，只有那些未被禁止的书籍，还有她的一个堂姐偷偷塞给她的书。堂姐的母家本来也为她规划了与萨尔瓦多拉相似的未来，但她选择飞往法国，以出卖自己的身体为代价，最终成为世界上最自由的女人。

古谚有云：亡羊补牢，犹未为晚。正因如此，她八十八岁大寿刚满，就以健全的心智从思想的牢笼里释放出了那个已经酝酿多年的想法：她不想再和阿尔弗雷多生活在一起了。她决定，她应该享有这种奢侈的权力，即转移自己的注意力，不再为儿子和他的惊天秘密的存在而成日忧心。母亲就是母亲，什么都瞒不过她的双眼。这种眼力有时是一种诅咒，会给整个人生蒙上阴影。

阿尔弗雷多很难理解，他一生中最爱的人会选择独自生活，而不是和儿子住在一起，住在他的房子里。但她还是巧妙地说服了他，理由无非是他工作忙啦，怕自己一个人的时候容易发生意外啦，对于她这种年事已高的人来说，日夜有医护人员看护又有多好啦（而事实是，她的身体好似铁打的一般健康），她一个人住也很方便啦，如此等等。总之，她把一切都安排得妥妥当当：这栋老年公寓有专人看管，设施齐全，她住在里面什么都不缺，还能独立生活，来去自由。因此，虽然费用不菲，但儿子也无法拒绝。萨尔瓦多拉在两年的时间里再次获得了几乎算是快乐的时光。但某些事，不是不去想就不存在的，你最多只能稍微喘口气，只能假装不知道。母子俩频繁地相互探望。阿尔弗雷多一个人住，随着时间的推移，他对家里的东西越来越不小心，直到有一天，萨尔瓦多拉比约定的时间早到了一些，拿着钥匙进了房门。她受到那种母亲的天性的驱使，不由自主地想要把一切都收拾妥当，摆放得整整齐齐。而在准备将一件外套放进儿子的衣柜时，她发现了让她心头一震的东西，证明了她一直以来的可怕的猜想：她的阿尔弗雷多是个杀人犯。她在衣柜里发现了铁证：一本日记，以及后来在抽屉底部翻出来的一根草绳。霎时间，她多年来希望存在的、幻想出来的，能够证明儿子无罪的东西都不存在了。阿尔弗雷多的种种可疑行径也清晰地在她脑海里浮出水面：可疑的血滴，一件又一件突然消失的衣物，回答一些无心的问题时的那种疑虑与惊恐，对她保存在相册里的有关谋杀案的新闻剪报的兴趣，将这些剪报要走还声称是工作需要的可疑举动，以及那些她多年来一直想忽略、掩盖和遗忘的童年恶行。

蹒跚之人，其拐杖断裂时，几乎很难不失去平衡，而在找回平衡之后，如何在没有拐杖的情况下继续前行将成为更大的挑战，稍不留意，就可能因眩晕而摔倒，沉溺于须臾的平静与安详，从而屈服于虚无的吸引力，最终获得永远的休息。但是，母亲就是母亲，她的灵魂在不幸的鞣制下已变得如皮革般坚韧、强劲。即将面对儿子的怀疑，她又一次撇清了关系：她把外套放回了原来的地方，然后坐在客厅里等他回来。他们一起吃了晚饭，饭后唠了唠家常。然后，她用衰老的脊梁扛起了整个世界的重量，蹒跚地走回家中。

不久后，当两名警官出现在她家门口，告诉她儿子被发现吊死在旧工厂的消息时，她的脸上没有闪过丝毫的惊讶，只是任由泪水顺着她脸上岁月的沟壑横流。几分钟后，她再也无法维持在外人面前的体面，终于号啕大哭，那是悲痛与欣慰的泪水。

“他……是自杀吗？”女人问道。

“现在下结论还为时过早，女士，您还好吗？需不需要叫人来？需要我们为您安排心理咨询吗？需不需要叫医生？”

“诸位别担心，我这把老骨头还算硬朗，而且这里有我需要的一切医疗服务。诸位如此坚持，是有什么别的事要告诉我吗？”她拿起手帕，擦了擦脸颊。

提问的警员在她身边坐下。不得不把这样的消息告诉这样一位老太太，这让她十分难过，但看到这位长者在人生中如此具有毁灭性的关头仍强打着精神，又让她倍感欣慰与温暖。眼前的老妪，肃穆而庄严，像暴风雨中的灯塔，坚硬而脆弱，像一个小小的玻璃娃娃。她看向身边的另一位警员，从他的眼里也看到了同样的东西。

“我很抱歉，夫人，您没猜错。我们确实还有别的情况想和您说。您真的还好吗？”

“说吧，孩子，别再让我猜了，把你要说的都说出来吧。不会有什么事比死了独子更要我的命了。”

“尸体是在贵府位于潟湖镇的旧工厂里发现的，我们还不确定是自杀还是他杀，不过有迹象表明可能是后者。他身上证件齐全，所以尸体的身份应该是毫无疑问的……不过，我们还是想请您陪我们去警署走一趟，有几个问题需要您做一下笔录，希望您配合。”

“好的，请稍等几分钟，让我拿个包，洗个脸。”

她在盥洗室里多待了几分钟。她需要一个人待一会儿，在没人的地方稍微缓口气，需要看着镜子中自己饱经风霜的脸，想想自己深陷其中的生活，需要在一无所有的境地里，迷茫地在镜子里找寻一张熟悉的面孔。然后，她去自己的房间里拿上包和手帕，告诉他们可以走了。

没过多久，他们就到了。戈列罗和萨拉贝里正在等她。

“这是阿尔弗雷多·马塔莫罗斯的母亲萨尔瓦多拉·拉莫斯。”陪她前来的警员如是介绍道。

“请进，请进。很高兴见到您，夫人。请节哀。如果您有什么需要的话，请随时告诉我。我叫马可·安东尼奥·戈列罗，这是我的搭档，特雷莎·萨拉贝里探员，我们负责调查您儿子的案件，有几个问题想要问您。”

“请尽管问吧，我很乐意提供力所能及的帮助，这是我现在唯一能为儿子做的了。”老妇人的神情就像一座危楼，看似稳固，但恐怕下一秒就要坍塌。

“是这样的，这个问题有些敏感，但我必须问出来。有迹象表明，您的儿子可能参与了犯罪活动。”戈列罗顿了一下，继续说道，“因此，我们想就这一点问您几个问题。此外，我们还要调查他在此处的住所，和他在镇上的老房子。对这一点，您有不同意见吗？”

听罢，她摇了摇头。警察们想，她听到了这个可怕的消息后表现得如此镇定，一定是因为她还没有从失去儿子的打击中恢复过来。

“诸位想问什么就问吧。当然，我也会把所有钥匙都给你们。我经常去我儿子家，镇上那栋房子已经封起来很多年了，我都不知道它现在是什么样子了。阿尔弗雷多一直不想回那里去。”

而她说不出口的，卡在喉咙里的，是她一辈子都不愿说出的话。但这都不重要了：她知道她儿子在柜子里放了些什么，警察会找到的。事情就当如此。

[44] 节拍

一个寂静的假日清晨，一个孩子在某栋建筑物的墙角边踢球，为村庄注入慵懒的心跳。

这是个周日，太阳刚露出眉梢。孩子似乎在时间之外，总在那里；有人说，那就是逝去的女孩，她死前最后听到的，就是这样不知疲倦的哗哗或隆隆的节拍。而此刻，女孩就坐在布鲁娜身边，就坐在教堂前广场上的木凳子上，听着球撞击墙壁的咚咚声响。过了一会儿，远处传来狗的嚎叫，为这段节拍加入了新的旋律。说来也怪，狗吠声总是如泣如诉，总是来自远方。

周日之歌的终章由教堂的钟声敲响，钟声唤来了零零星星几个如今仍然参加弥撒的居民，他们之所以这样做，更多是出于习惯而非信仰。潟湖镇的人们从未信仰过这一位神灵。走街串巷、留下踪迹、收集祭品的神灵在与无形的神灵的博弈中胜出，这是寻常事，因为事实层面的神迹、行走在人世间的化身、天空中展开的翅膀、被响应的祈求，只有这些最实在的东西才能催生出最牢固的信仰，也只有那些身边的东西——亲身经历的事件、听亲历者或直系血亲讲述的真实的传说、家族多年珍藏的关键证物——能够激起对神灵最虔诚的拥戴或最深切的敬畏。镇民们自己的神祇会倾听他们的请求，有时，若这位神还有余力，也会满足这些请求。这位神出于爱和正义守护着此间居民，这也是他们爱他、敬畏他的原因。居民们不会大肆张扬自己的信仰，但他就在那里。没有任何一位神会突然不合情理地来在者的小镇抢夺居民的信仰。而在者甚至没有名字，只是飘浮在镇子的半空中。去教堂做弥撒对居民们来说只是一种周日的晨间礼仪，就像出门要穿戴整齐、餐前要喝杯葡萄酒、饭后要百步走一样。就连这位牧羊多年的神父自己也不信仰他理当信仰的神祇，当他私下里说出自己作为信徒的使命时，他想到的也并不是天主教徒们的那位神明，但他不会离职。这样对大家来说也都更好。这也是为什么他的周日弥撒更像是抽象地谈论生命和灵修的演讲。每个人都理解，没有人会抱怨。这是一种完美的平衡。

露西娅打来电话说，因为酒馆里出了点事，所以她要比平时晚一些才能到。布鲁娜并不介意。她坐在多年来一直坐着的那张长椅上（这里一直是她的庇护所），让周日的慵懒和内心的平静摇动着摇篮。戈列罗以他惯常的轻快步伐穿过广场，看到她时，他停下了脚步。

“走那么急是要去哪里？”

“很高兴，终于找到你了。我想在回去之前跟你道个别。希望未来很长一段时间内我都不必再返回这里，至少别是为了工作。来这儿度假，或者单是去你们姐妹的客栈看看，吃吃喝喝还是可以的。”

“就是说，案子结了？”

“现在向您透露细节还为时过早。不过，我可以悄悄地告诉您，您可以放心了，那个逝去的女孩她也可以放心了，要是我能遇见她的话就会这样和她说的。”

“您不知道我之前内心有多沉重，自从我们发现骸骨后，我就觉得这些骨头和我紧密相连。这很奇怪，但或许只是一种心理暗示吧。”她这样说道，同时努力控制着自己的面部表情，不让对方看出自己其实所知甚多：关于这个案子、这个小镇的事和关于几乎没有人能够理解的那些事。有时，她担心秘密会从她心灵的窗户泄露出去，尤其是她有事情要隐瞒的时候。

“我承认，我自己也有这样的感受，这个案子从一开始就深深地吸引了我。当然了，我在工作中总是尽力而为，但这件事我格外上心，我总觉得这具尸骨真的很需要永久的安眠，而且好像尸骨的主人还待在人世间，依依不舍。我想，即使是最坚定的怀疑论者，最终也会被这座小镇好似魔法般的魅力所吸引。我很庆幸诸位那天决定往那个地方走。我很高兴认识诸位，很高兴能解开这个谜团，并发现了这么个美丽的地方。希望很快能再见，请代我向露西娅问好。”戈列罗起身告辞。

“谁知道我们死后会发生什么呢，据说有时候死人会一直待在这里，直到了却未了的心愿，也许那个女孩一直和我们在一起。祝您剩下的调查工作一切顺利，如果您什么时候再回镇里来玩，请随时约我出来喝杯咖啡吧。一路顺风！”

看着戈列罗远去的背影，女孩微笑着想：“是时候了，我不用再看着我的骨头了。”

球还在踢。

广场上开始人头攒动，热闹非凡。

露西娅来的时候，双手还残留着瑞士卷的香气。

[45] 大鹿之死

数百年前，一个料峭的寒春，在者发现了大鹿的尸体。雄伟的犄角直指苍穹，好似发出永恒的呐喊；它的肉与其他生命一起沸腾，现在几乎已被液化，将它的躯体紧紧地黏在大地上；它的身体与大地融为一体，通过泥土滋养了万物。他似乎还能听见大鹿威武的吼声，那是它生前撼动森林、主宰万物的那种嘶吼。那时候，野猪没有它的同意不敢喝它池塘里的水，狼在它面前也会耷拉下耳朵和尾巴，熊会投去恭顺的目光，然后仰起头低吼出自己的敬意。人类也尊崇它的名，感戴它的恩，祈求它的恕，并以赭石与木炭在庇护所或洞穴的墙壁上绘它的形，又以焚烧神圣植物来奠祭它。当时，一位神祇从别处而来，他对本地其他的神明不屑一顾，又通过恐惧赢得了人类的敬畏，最终蚕食了其他神明的力量。他做出了丑恶的宣言，即人类是他的肉中肉、血中血，之后，随着他的日益强大，人类也被提升为万物之灵长。而在者还从未走出过他的山谷与森林，到目前为止，他也只是带着关切的目光注视着村镇里发生的一切。他对世界上其他地方一无所知，也不懂得众神之间的明争暗斗（因为他既不知道自己是他们中的一员，也不知道还有其他像他一样的存在），但他不喜欢看到人们对动物——既是猎物，也是赖以生存的食物——逐渐失去尊重，对维持着世界秩序的各种存在逐渐失去敬畏。

当他发现大鹿逝去的那一天，他知道自己再也不能只做一个旁观者了：他数千年来默默无言的生活结束了。

他以神之力抓住巨大的鹿角，向上拉起来，直到大鹿前腿抬起，后腿站立：力量的终极表达。一阵蛆虫和腐烂物的大雨在森林上方飞溅。它发出的吼声传遍了此间的每一个角落。当大鹿的前腿落地，那撞击地面的声音响彻了整个山谷，大地一阵颤动，裂开了一条缝隙，一股清泉从中喷涌而出，最终汇成一股溪流，注入了镇上的潟湖。时至今日，人们有时仍会使用“鹿血镇”这个名字。

一个独居在森林里的女人，据说在一次狼群袭击中，她被一道闪电击穿了身体：雷电让狼群在空中飞了起来，她却幸免于难。出于这个原因，再加之她还精通草药学和鬼神之道，她被人视为圣女。她梦见了这一切，梦见了每一个细节。她在家门口发现了一张鹿皮和一副鹿角，她用鹿皮给自己做了一件斗篷，用鹿角给自己做了一个头饰。她如此做，是因为接收到了明确无误的暗示，而她不知道的是，数千年前，她的一位先祖也做过同样的事情。有了这个神圣的标志，她便知道，自己已被选中，正如大鹿被选中一样。她想和她的族人分享这个标志。于是，她下到镇子里，为村民讲述自己的梦境，她当时身上穿着的祭祀服饰，在往后的年月中成为鹿女——“以神之眼看的人”——的礼服。她诞育了鹿女的血脉，是这一族的原初先祖，自她以后，鹿女一脉诞生了众多强大女性。所有人都相信她的讲述，因为那种预言能力他们已经亲眼所见，因为他们相信那些未曾亲历过的神迹：在鹿女还不叫鹿女之前，她的双足就已先于大地的颤抖而颤抖，她的鼓膜就已先于凯旋的鼓动而鼓动。于是，他们一起来到她所说的泉水边，每个人都喝下了强力的甘泉。就这样，臭名昭著的神被在者的力量抹去，永远地离开了他们的生活，而在者也再次成为他们的主神。大鹿则重新成为森林之神，鹿女也被认为是受众神所选的，神圣与世俗间的调停者。在其后的整个历史时期里，外来的那位神祇从其他土地派出了前仆后继的使徒，但所有的努力均未能让他在此间重展神威。

几个世纪后，布鲁娜伴着窗外的森林之声入梦。梦里，戴着鹿角的女人走在男人身边：她身披美丽的皮毛；他裸露着躯干，背脊有翼。二人一起来到黑潭边，弯腰饮水。水很暗，几乎是黑色，像凝固的血。她看见那女人在古潭中的倒影，发现那人正是自己，于是成为她。从这一刻起，她们就成为同一个实在。她无可抑制地想要高呼，于是从喉咙里发出了声音，鹿的嘶鸣，整个森林都颤抖了。她看见一个黑影自水中出，飞也似的蛇行鼠窜而走。有翼的男人似是凭言语定住了它的身，又命其自灭了它的形。整个森林开始发出催人疯狂的嗡鸣声。一位少女，双足凌空，走到这对男女面前。少女凑近她的耳，低声道了句谢谢。然后，循着嗡嗡的声响，她走远了——似忽闪而过，又似永恒的游移。林雾隐蔽了一切。布鲁娜醒来后，马上跑去给未名打电话。

[46] 绳

岁月让她佝偻了背脊，让她的皮肤像瓷器一样脆弱。血管把她满是皱纹的苍白的手染成了蓝色。她在等待，在喃喃地向一位神灵祈祷，只有那些长期居住在她嫁入的这个小镇中的人才信奉这位神灵。

“母亲。”当阿尔弗雷多看到她坐在扶手椅上时，他的灵魂碎成了片。这里还是她的那个家，似乎一切都没有变，就像将窗户钉死的木板也将时光的流逝钉在了窗外似的。她仿佛在看一场过去的电影，荧幕上投影着她年轻时的记忆，那时的她也和现在一样，泪眼婆娑，她一直都是如此。她的双腿微微颤抖，心脏怦怦直跳。“您在这里做什么，妈妈？”儿子的声音突然传来。

“这是我的家，儿子，我真不该离开这里的。”

阿尔弗雷多感到惶恐。母亲的突然出现带有一种可怕、阴险、痛苦的无意义感，但她用母性的声音抚平了他的疑虑。

“儿子，只不过是我这个可怜的老太太一时兴起罢了。我只是想再看看自己的家。谁知道我还剩多少时间呢？我想在死之前再看看这个镇子。”

“母亲，您身体健康，一定会长命百岁的。您来这里多久了？您是怎么一个人来到这里的？”

“我一个多小时前到的。我不来都不知道，你怎么用木板封住了窗户，锁上了门？你从来没告诉过我。幸好你没把锁一起换了。水电也还有，至少屋里是亮的。看到房子变成这样，我非常难过，黑暗、废弃、散发着地窖和潮湿的味道，而且无法通风。你本可以等到我死了再动手的。”

“我这么做是为了防止有人擅自住进来。您没看新闻吗？房子长期空着，被鸠占鹊巢的风险不小。你想过来怎么也不说一声？我会载您来的呀。”

“你会这么做吗？你真的会这么做吗？”

母亲似乎话里有话，让马塔莫罗斯脊背发凉。她总像是知道了一切似的。在她面前，他永远是那个被过于严厉的父亲的暴力形象吓坏的，哭着跑到她脚边的孩子。不，他不会这么做的，要是母亲突然提出请求，他当然不会马上答应。他现在只希望她没有发现些什么，希望她没有下到潮湿的地窖，那里躺着金发女郎的尸体。这种可能性让他害怕，侵蚀着他的整个身心。他担心母亲会告诉他，她已经下去过并看到了一切，她知道她心爱的儿子是个怪物。当母亲继续说下去的时候，他的心疯狂地跳动，几乎快要爆炸。“那天你告诉我，你要回村子里看看，我本想叫你带我一起去，但我又想到你可能会怕我舟车劳顿所以拒绝。所以我决定给你个惊喜，就自己过来了，想着之后再和你一起回去。我先坐了火车，然后叫了的士。还好，路途不算远，而且也算是一场小小的冒险了。总算是给我这个老太太枯燥的生活加了点料。”

阿尔弗雷多知道，他的母亲身经百战，刚毅顽强，在丈夫去世后更是重焕了生机：她不会害怕任何挑战。她知道如何自食其力，如何在城市生活中游刃有余，混得像个老手。像她这样的女人，哪怕看上去如此弱不禁风，只要脑袋和腿还能动，就不怕独自乘公共交通工具旅行。此时此刻，当务之急是带她离开那里，把她从旧宅邸中拖走，因为此间的四面高墙见证了并看守着他犯下的最严重的错误之一。他几乎能感觉到金发女尸冰冷的呼吸拂过他的后颈，冰冷的手放在他的心脏上，紧紧地攥住。他喉咙里一阵恶心。

“妈妈，我们去村子里走走吧，回忆一下过去的时光，这栋老房子已经没有家的感觉了。”

但母亲另有打算。

“儿子，先带我去看看工厂吧。我已经很多年没见过它了。你父亲晚年的时候不想让我们去，我猜他一想起工厂倒闭的事就心烦意乱。他从来都是个不甘失败的人，这一点你知道的。我从来不喜欢他花那么多时间待在那里，我自己也厌弃那里，所以之前从不想多待一秒，但现在不同了。现在我觉得我得去看看，得去他地板上啐一口唾沫，就当是和往日那段不幸福的时光做最后的告别。”

“那就这么办，母亲。不过我不知道现在大门还进不进得去，我也很久没去过了。”

“那走吧，把车开到门口，我马上就下来。我累了，还是先省点体力，万一大门进不去，还得绕一段路呢。”

离开家，阿尔弗雷多松了一口气。他不知道几个小时后，如果母亲想再次回老宅看看，自己要拿什么借口劝阻她。他更愿意享受这风暴中心的片刻宁静，所以他走上了通往旧工厂的路，希望能尽量开得近一些，让母亲少走些路。

“我知道该怎么做了，母亲，您去告诉公寓那边说您晚上不回去住了。我们就在隔壁镇招待所住一晚，这样我们今天还可以逛一整天。我们待会儿去吃点东西，再到处走走，逛逛，看看。玩尽兴了，明天再回去。我不想睡在宅子里了，太潮湿，一股霉味儿，还没法儿透气。”

马塔莫罗斯舒了口气，在他面临更大的问题之前，这个休止符让他稍微放松了身心。这个小插曲让他松了口气，他已经找到了一个完美的借口来完成他这次回来要做的事，只不过要把现在的计划稍微打乱一点。他约在工厂的会面时间很晚，所以他打算在早早吃完晚饭后让母亲上床睡觉，然后告诉她自己要去喝一杯或散散步。他会不择手段地解决这次会面要谈的问题，然后偷偷顺路去处理妓女尸体的残骸。

也许并非完全巧合的是，母亲恰恰选择了曾经是那个暴君权力殿堂的地方，这个地方让他在战争结束后仍能保持暴君的地位，并给了他足够的财富，让他证明了他当得起与受过教育的城市富家女的婚约。他，一个乡下出身的野蛮人，一个诡计多端，擅长折磨对手，手腕很硬的野蛮动物——这些才能在他上司眼里是金子，让他得以升迁并发家致富。

那天晚上，若他按约定的时间到达工厂，他将不会碰上他以为会碰上的对手，而即便他在约定时间之前，当太阳还高高挂在天空时就到那里去，他也不会遇到约他出来的人。但是，马塔莫罗斯将会在那里等待。

工厂以冷漠欢迎他们，就像他们进入废弃厂房时脸上的那种冷。他们从未对这个地方产生过感情，在他们看来，这个地方是那位父亲精神的延伸。

“儿子，我们得谈谈。”

阿尔弗雷多从下至上打了个寒战。他知道，他一生都在惧怕的时刻终于来临了。连野兽都被老妇人的话震惊了。面对眼前的邪恶，她是如此渺小，又如此强大，如此勇敢。她也已经默默地、不知不觉地准备了很多年，几乎与她儿子一样。

“母亲……”

“是时候了，儿子，你必须马上结束这一切。”

他可以掐住老太太的脖子，几乎不费吹灰之力就扭断，咯嘣一声送她上西天，然后继续若无其事：

我一直没有母亲的消息，警官们，我们在村里过完周末就回城里了，我把她留在老年公寓门口，之后就再也没有她的消息了。她最近有点疯疯癫癫的，年纪大了，您知道的。我希望诸位能尽快找到她，她是我唯一的亲人了，我非常爱她……

这也不是第一次了，他知道该怎么做。但是不行，这个女人是碰不得的，无论他的另一个自我如何怂恿他以暴力解决这个问题，他对她都无能为力。她无比强大。她比任何人都强大。她是他的母亲。

他不想知道母亲知道了多少，他自己也不想再听无意义的话语，他知道这是他旅途的终点，一切的终结。每个人都有永远无法逾越的底线，即使杀人犯也是如此。

其实，无需她明言，阿尔弗雷多自己也想了结自己的生命，但阿尔弗雷多并不总是那么坚定。

“您都……”

“母亲什么都知道，儿子。”

“我也不想这样。求您了，妈妈，相信我，我控制不了我自己。我一直都在逃避。您不知道这有多痛苦。有多少次我都想停下来，但我做不到。”

“我们对过去无能为力，孩子，只能让那些等待的人安息，让那些需要知道发生了什么，需要知道她们在哪里的人找回安宁。他们不知道她们是自愿离开，还是从亲人的怀抱中被夺走。他们需要答案。”

“我家里有一本日记，母亲，当一切都过去，请把它交给警方。”

现在，他只是一个伤害了母亲的哭泣着的孩子。当有爱的时候，痛的不是惩罚，而是心，是知道自己已经造成了伤害与痛苦，知道自己已经背叛了爱自己的人的信任的心。

他扑进她的怀抱，她没有拒绝对他最后的爱抚。当她将扭曲的手指与孩子的头发交织在一起时，她肝肠寸断。

“你送我上路吗，母亲？我是个懦夫，我害怕地狱里的复仇。”

“不，儿子，我不能为你洗清罪孽。我做不到这件事，对我来说太难了。但别害怕，你已在人间待了太久，地狱不过如是。”

老妇人颤抖着手，打开了她手腕上挂了一整天的大袋子，把里面装着的绳子递给了他。那是他的绳子，那条早该被使用的绳子。草绳的粗丝勾住了老妪的羊毛手套，勾弯了她长年饱受风湿折磨的指节。绳索已在柜子里沉睡了多年，等待着他愿以勇气为戈的那天。她的眼已成了浑浊的深潭，她的喉已为手中线凝噎。

阿尔弗雷多仿佛失了魂智，他机械地找来几个早已腐旧的箱子，把它们堆砌成朽木的巴别塔。他从地狱拾级而上，直抵屋宇的穹顶，在其中一根裸露的房梁上打了一个死结。是的，一个死结。另一个是救赎之结，是用来装饰他的脖颈儿的，对此他早有准备，已经研究出最完美的系法。他从来都不是一个喜欢即兴的人，只有那件事除外，但那时候，主宰着他的是另一个自己，黑暗的自己。

此时，他的脖子上已经套上了绳圈，冷汗顺着每一寸皮肤流下。母亲已然先于儿子体验了死亡的滋味，此刻的她，注视着、颤抖着、哭泣着，不住地向她信仰着的那一位祈祷。

“母亲……”

“怎么了，儿子？”

“我爱您。”

“我知道，儿子。我也爱你，直到永远。”

“再见，母亲。”

“再见，儿子。”

阿尔弗雷多踢倒了最后的木箱。他的动作幅度已经到达了极限，但木箱却没有完全倒下，就像地狱里的一块叛逆的积木。虽然此时他双脚已经腾空，在最后几秒里本能地乱蹬，但那绳索还在摆动。女人还是想确保此事绝无回转的可能，于是一瞬间手起箱落。母亲别过脸去，推下了箱子，这一刻，所有的恐惧和愤怒，所有的重量、痛苦和过往都烟消云散。她背过身去，捂住耳朵，朝门口走。她从来没有也永远不会再面临如此艰难的抉择，她此刻只期盼大限早日到来，别让她的残躯将这段记忆背负太久。

她步履蹒跚，走得很慢，但知道自己一定能在天黑前回到镇上，并及时赶回城里。

昨天早上，没有人看到她回家，今天凌晨，也不会有人看到她远离。

一切都结束了。

翅膀扇动星辰。

[47] 之后

两神一影。小镇郊外，加油站彼端。

在者囚住了影——“野兽”与“怪物”也是它的名。所有与它的邪恶有关的名字都恰如其分。

“把它交给我，兄弟，我会带它去它该去的地方。”

局外人似笑非笑。

“兄弟？我还有个兄弟？我是谁？我们又是谁？”

“你会知道的：现在之后，遗忘到来之前。”

“那……”

局外人打断了他：“也会的，我的兄弟。万物各有其时。很快我就会为你引路。没人比我更了解那个地方。”

在者将囚犯转交给他。局外人单手举起，一道闪电似从他肉身逸出，将天地相合。

“我！会！回！来！”它尖啸着，消失在虚无中。